LIBERTAD, S. A.

LIBERTAD, S. A.

Mirelle Nathalie Aranguren

LES
editorial

Primera edición: junio de 2024
© Mirelle Nathalie Aranguren, 2024
© Letras Raras Ediciones, S. L. U., 2024
© Cecilia G. F. (X @ThanatosOfNicte), ilustración portada, 2024
LES Editorial pertenece a Letras Raras Ediciones, S. L. U.
www.leseditorial.com
info@leseditorial.com

ISBN: 978-84-19879-21-9
Depósito legal: MU 526-2024
IBIC: FL
Impresión: Podiprint
Impreso en España - *Printed in Spain*

FSC
www.fsc.org
MIXTO
Procedente de
fuentes responsables
FSC® C159566

Para las personas que valoran el derecho a la libertad.
Para mi hija y su generación.

Todo individuo tiene derecho a la vida,
a la libertad y a la seguridad de su persona.

(Artículo 3 de la Declaración Universal
de los Derechos Humanos)

Acompaña la lectura con la banda sonora de este libro.

Nota de la editora

¿Qué define lo que es ser una persona, más concretamente, un individuo de la especie Homo Sapiens*? ¿Somos personas porque tenemos consciencia de nosotras mismas? ¿Porque como seres individuales tenemos libre albedrío y somos capaces de tomar decisiones razonadas y no solo guiadas por los instintos?*

Hagamos un ejercicio en el que vamos a ignorar que estamos atravesadas y moldeadas por toneladas de constructos sociales, por el patriarcado, la historia, el género, la cultura, la religión, los medios de comunicación con sus medias verdades y sus bulos, el capitalismo… Si obviamos esto (que es mucho obviar, lo sé), se diría que disfrutamos de libertad, LIBERTAD con mayúsculas. Al menos tenemos esa autopercepción en los países que se denominan a sí mismos como democracias. Pero ¿podría ser que nuestras decisiones no fueran del todo nuestras, sino que hayan sido inoculadas por agentes externos? Hoy, un día cualquiera de la primavera de 2024, me pregunto si seguimos siendo Homo Sapiens*.*

Hablemos ahora del título, Libertad, S. A. *¿Qué te sugiere? Parece que es una empresa privada, además, esas siglas indican que es una grande de verdad, de las que cotizan en bolsa. Mmm, diría que no se usa esa palabra de una forma altruista ni inocente. ¿Acaso se está mercantilizando la libertad? ¿Y qué pasaría si eso sucediera? Oh, espera, cómo me suena eso…*

Qué mala y sospechosa es la tergiversación del lenguaje. Y qué terrorífico es cuando quienes nunca han querido libertad para los demás se apropian de la palabra para corromper su significado. Y eso pasa hoy en día, no hay que irse a una distopía equis años en el futuro para verlo en directo con solo encender el televisor, esa ventanita que se cuela en cada casa, a todas horas... como los móviles, las redes... Así es, en un día cualquiera de esta primavera de 2024 ya se le llama libertad a cualquier cosa.

Si quieres saber más del libro que me ha provocado todas estas reflexiones (y que me explote la cabeza con el final), tendrás que adentrarte en estas páginas en las que Mirelle Nathalie Aranguren plantea un futuro distópico en el que un grupo de personas huyen de un país de ensueño.

Tendrás que leer hasta el final... si quieres... porque, ya sabes, eres libre, ¿no?

Bárbara Guirao

Podría haber detenido el cambio de sistema. Y no lo hice.
Y no lo hice.

Corrí como cuando era pequeña, al igual que entonces, Kleo estaba a mi lado, con el pelo revuelto, la cara tensa y los brazos dándole impulso. Corrí, aunque no sabía si hacía falta. Corrí. Ciertas cosas hay que hacerlas rápido, para no arrepentirse. Llegué la primera, toqué la ventana con el ritmo que Carla nos había explicado. No pasó nada. Ryk y Kleo me alcanzaron. Sí, uno, tres, uno, cuatro, le contesté a Ryk, exactamente como nos explicó Carla, no sé por qué no han abierto. La bandana, dijo Kleo, muéstrala. Me bajé la capucha de la chaqueta, dejando visible ese trozo de tela del que Carla no se apartaba.

Nos abrió la puerta una persona de las de antes, marcadamente binaria... Quiero decir que ya no se ven personas así, aunque ahora todo está involucionando de nuevo... Ese hombre era menudo y bajito, con la ropa sucia y roída; entre la barba y la gorra era difícil verle el rostro. Me dio mala impresión. Usamos la segunda contraseña que nos había enseñado Carla, pero no reaccionó. Nos miramos. Le cogí la mano a Kleo, se la apreté, mientras que Ryk daba un paso hacia el hombre. Éramos cuatro, falta Carla, hace más de una semana que no sabemos de ella, le dijo. El hombre asintió, nos invitó a pasar con un gesto de la cabeza. Nos dio de comer, nos preguntó cómo estábamos, si necesitábamos descansar o si estábamos listos para dar el último paso, era amable, pero no soltaba la escopeta. Unas horas más tarde, nos llevó en su camioneta hasta el control fronterizo, donde pediríamos asilo.

Tuvimos que esperar poco, tan solo un par de horas después de haber llegado, nos trasladaron a una comisaría donde se encargarían de nuestro caso. Entramos, nos pidieron nuestros datos. Nos los tuvieron que pedir, qué primitivos. Nos dirigieron a una habitación, nos dieron de comer y nos dijeron que esperásemos allí por la detective encargada de nuestra solicitud de asilo.

Era una sala pequeña, vacía de personalidad, muy simple. Una mesa, varias sillas, un sofá en una esquina, y un pequeño mueble con agua, café y té. Las paredes estaban desnudas pero pintadas. No daba asco, la habitación estaba en buenas condiciones, estaba limpia. Había suficiente espacio para el pequeño grupo de personas que acabamos ahí, encerradas por buscar la libertad. No tenía miedo. No creía que me fuesen a matar o torturar, pero me preocupaba haber perdido mis comodidades y estilo de vida privilegiado para siempre. Me sentía insegura. No sabía qué estaba pasando. Era tal la incertidumbre que me planteaba si había tenido sentido huir. Nunca se sabe, a lo mejor las cosas se arreglaban, a lo mejor nunca llegaban a más. Me preocupaba habernos precipitado.

Estábamos ahí, tres cabezas bajas, mirando hacia el suelo. No había ventanas. Me sentía tan distante de esas personas con las que había vivido una huida, de Kleo, mi amiga de toda la vida. Me sentía rara, como si yo no fuese yo. Después del viaje, y de la preparación del mismo, después de todo a lo que renunciamos, ahí estábamos, sin saber o tener qué decirnos. Era probable que ya nadie supiese qué podía pasar o que cada quien le estuviese dando vueltas a algo que hubiese preferido no haber dicho. Vivimos momentos de mucha tensión, de frustración, perdimos a Carla por el camino. ¿Nos habíamos rendido? Teníamos derecho, habíamos dejado tanto atrás que la libertad comenzaba a parecer sobrevalorada.

Los *principios* que no son comienzo,
las *ideas* que (se) te meten en la cabeza,
la *brújula* que rige tu vida,
mientras crees que tienes control.

La libertad cuesta poco,
la vendemos barata por curiosear.
No entendemos lo que significa,
lo que vale.

Levanta la vista, mira al este.

Quien la ha recuperado, la valora.
Hace lo que sea por no volver a perderla,
mira cómo luchan con desesperación.

La libertad lo vale todo.

Fue idea de Carla, ella se propuso salir del sistema. Había dado la cara por él, fue uno de sus numerosos estandartes, pero algo pasó, necesitaba huir. A mí me lo sugirió Ryk. Me llamó, dijo que hacía tiempo que no nos veíamos, lo cual era cierto, pero había algo en el tono de su voz que hacía rara la conversación. Por si me quedaban dudas, comenzó a enumerar las maravillas del capitalismo neoliberal. Ryk nunca estuvo de acuerdo con la comercialización del sistema político. De hecho, había estado a punto de ser expulsado por su comportamiento de tendencias socialistas, pero le habían dado una segunda oportunidad. Sí, en la República Productiva te pueden llegar a expulsar si no sigues la ideología del régimen, pero, a menudo, otorgan la llamada Segunda Oportunidad, la cual es toda una ceremonia. Tuve que asistir a la Segunda Oportunidad de Ryk, me revolvía el estómago, pero él tenía que demostrar cierto nivel en cuanto a sus amistades. Me lo pidió como un favor, el pobre estaba desesperado. La verdad es que yo, en esos momentos, no era un buen ejemplo por mí misma, sino por la persona con la que estaba casada. Las presiones conservadoras habían llegado al punto de que esas cosas tenían peso, y las ceremonias eran cruciales, así como nombrar la Biblia aquí y allá hasta llevarla a la política. A mi esposa, Melina, le importaba que ser un matrimonio respetable contase para algo. No quería aceptar que hubiese diferencia entre parejas heterosexuales y homosexuales, pero las había, y nos mortificaba que las hubiese. Al ser lesbiana corrías el riesgo de perder privilegios y derechos, bueno, los primeros los perdimos hace rato, la verdad. Melina temía por su carrera, aunque solo lo reconociese ante mí. Trabajaba para Viarum, pero aun así temía que le diesen la espalda en determinado momento. Melina creció liberal, pero su profesión, los privilegios que le otorgaba, le hicieron cambiar de idea, poco a poco.

***

No todo el mundo en la comunidad *queer* compartía nuestros miedos, éramos una minoría, en realidad. Qué exagerada. A eso no se va a llegar. ¿En qué mundo vives? Se trata de economía. Todo se trata de economía, a nadie le importa con quién te acuestas. Lo que parecía no importar eran mis argumentos de que las ceremonias religiosas se volvían cada vez más relevantes, siempre te contestaban con alguna excusa: es solo para darle solemnidad. El simbolismo es necesario para que se sienta la celebración, si no, al final, te dan el papel, pero no tienes el recuerdo, no te queda la sensación de que ha sido algo trascendental. Son ceremonias sin más, insistían. En la universidad aprendí que cuando te contradices es porque no has terminado de entender alguno de los argumentos que repites.

La cuestión es que los miedos pueden surgir por diferentes motivos, en mi caso, fue por mi formación, por mi profesión. Trabajé enseñando a estudiantes de postgrado a pensar de manera crítica. A no dar por hecho la información que recibían, a corroborar datos, a contrastar fuentes de información.

Tardé unos minutos en comprender lo que estaba pasando, en deducir, por la forma nerviosa e ilógica en la que me hablaba Ryk, que se trataba de algo importante, algo que no debía quedar registrado en un mensaje o conversación telefónica. Nos citamos en un café en el centro, de esos donde no puedes hablar de nada que quieras que sea secreto. Se habían descubierto casos de personas que discutían iniciativas socialistas y acababan expulsadas al cabo de unos días. Por eso quedamos allí, para no levantar sospechas. A Ryk no le gustaba ser tan estratégico, pero estaba aprendiendo, se había metido en problemas antes, por eso estuvo a punto de que lo echasen del país. Consumimos nuestros cafés con muchos extras, no sé si tenía más de medio *espresso*, era todo nata, caramelo, colorantes y sabores artificiales. Ryk compró un yogur, yo me compré un trozo de tarta. Nos sentamos cerca de una ventana.

Cuánto tiempo sin verte, ¿cómo te va todo? Qué bien que te hayas podido quedar. Qué buena la iniciativa de Asalus de comercializar los trasplantes. Ryk pilló mi juego, estuvo un buen rato hablándome de las maravillas del capitalismo neoliberal, cambiamos de tema para hablar de cine. Lo invité a venir a casa a cenar y ver una película. Se puso muy contento, volvió a tener ilusión, sabía que allí podríamos hablar con calma.

Llegamos a mi piso. Teníamos que tener cuidado con los chips de cibermemoria. Que no se nos olvidase consumir contenido, entretenimiento, mientras hablábamos para que no nos escuchasen. Conectamos un programa de concursos a las pantallas del salón, le subimos el volumen. Los programas de cultura general eran una de las mejores opciones de camuflaje, con sus preguntas de diversos temas, no relacionadas entre sí, se creaba la posibilidad de que palabras normalmente problemáticas pasasen desapercibidas. De todas maneras, había que tener cuidado, hablar en clave, el chip siempre te estaba escuchando.

La gente sabía e ignoraba a la vez que llevaba a Dios instalado en la cabeza. El chip lo oía todo, siempre presente, con memoria infinita y una clara, aunque variable, distinción entre el bien y el mal. Lo sabíamos porque las consecuencias eran obvias, el contenido de las conversaciones privadas acababa transformado en anuncios, en el mejor de los casos; no sé mucho sobre los escenarios negativos, eran rumores. Ryk había escuchado que cuando tenían suficiente información, mandaban espías para que se acercasen a la persona bajo sospecha, para que se ganasen su confianza hasta obtener confesiones conspiradoras. El siguiente paso era ofrecerle participar en alguna actividad ilícita, si aceptaba y rompía la ley, lo juzgaban y nadie podía dudar de que el sujeto mereciese castigo. Claro que, en la mayoría de los casos, todo se quedaba en palabras, las confesiones no eran más que fantasías de rebelión que nunca llegarían a más.

Le costó, pero tras unos minutos, Ryk consiguió relajarse. Comenzó a contarme su plan, en código, uno improvisado, tuvo que recurrir a lo que sabía de mí, hacer referencia a libros, películas, personajes, marcas, deportes. Era muy ingenioso, por eso lo pasaba tan mal, por eso quería huir.

Tengo una amiga. Carla. Activista de YouTok, el primero de sus vídeos en hacerse viral fue uno en el que defendía la privatización de Colubris. Entonces no a todo el mundo le parecía bien que una empresa, aunque fuese Laximtoc, dirigiera un pueblo como si fuera un negocio. ¿Sabes quién es?, me preguntó. Sí, claro que la recuerdo, ¿ya no hace *vlogs*?, le contesté con una interrogante porque hacía tiempo que no escuchaba hablar de ella.

Sí, pero ya no son virales. Se ha cambiado de bando, parece que solo el neoliberalismo crea virulencia. Ella está harta. Quiere huir. Yo estoy en la lista negra otra vez, así que voy a irme con ella, me preguntaba cómo estás tú, y Melina, si queréis huir antes de que la homosexualidad vuelva a ser ilegal.

El miedo es un sentimiento muy poderoso.
Te paraliza.

Te quita capacidad de expresión, poco a poco.
Primero las ideas, que ya no sabes cómo comunicar.
Luego, los gestos.

Quiero poder ir de la mano con mi chica.
Quiero poder besarla en público.
Quiero darlo por hecho.

Me quedé helada, sí, claro que había pensado en esa opción, pero no dejaba de aterrorizarme que alguien lo dijese sin más, sin adornos ni tapujos. ¿Podríamos de verdad llegar a ese punto? Me puse a pensar en los viajes que me rehusé a hacer con Melina porque no iba a estar fingiendo que solo éramos amigas, países que sería muy bonito visitar, pero donde nos meterían a la cárcel si se nos ocurriese darnos un beso.

Perdona, Xía, fui un bruto. Estoy asustado. Carla está asustada, dijo Ryk mientras me cogía de la mano. Le contesté que no pasaba nada, que entendía su preocupación. Quiero irme, sin que me expulsen. Sabes lo que pasa si te expulsan, ¿no?, preguntó él. Son rumores, Ryk. No sabemos si es cierto. Tampoco sé si es necesario salir corriendo ya, de una vez, o si es mejor esperar, a ver cómo evolucionan las cosas, agregué.

Se quedó mirándome como si fuese tonta, con la misma cara de incredulidad que suelo poner yo cuando las personas me dan frases de propaganda como argumento. Siempre les remito a la historia, a la cruel naturaleza de las sociedades que hemos creado los humanos, incluso en condiciones muy diferentes a las nuestras.

Habíamos mejorado tanto. Conseguimos derechos para muchos grupos oprimidos. Seguridad. Libertad. ¿Qué pasó?

¿A qué velocidad ocurrió todo que ni siquiera nos dimos cuenta?

Tengo que hablarlo con Melina, y con Kleo, pensé después. Si las cosas llegasen a ponerse lo negro que parece posible, ella tampoco tendría derechos aquí.

Me quería tomar una copa, pero le había prometido a Melina que no volvería a probar el alcohol. ¿Cómo se procesa esa realidad sobria? Melina estaba metida en el sistema hasta el cuello, trabajaba para los que mandaban y era muy buena. No sé cómo se me ocurrió pensar que ella querría huir, ¿de qué? Ella solo rompía las normas al ser lesbiana, y mientras se conformase con los pocos derechos que eso le dejaba, podría ser feliz en ese país nuestro.

Háblalo con ella, dijo Ryk, Melina conoce gente influyente. Yo es que estoy de los nervios, además, Carla me preocupa mucho. Hay días en los que no quiere ni salir de la cama. Me equivoqué, es lo único que dice. Y yo la entiendo, ¿sabes? Tú te has sabido mantener a raya, pero te conozco, sé que tienes que estar pasándolo muy mal. Aunque la verdad, ahora mismo me parece que a lo mejor estoy errado y has sabido adaptarte. ¿Has conseguido guardar tus principios en un cajón? ¿O es solo que has perfeccionado tu cara de póker? Le sonreí y le palmeé la rodilla. En ese momento no sabía bien qué pensar, pero no quería cerrarle la puerta a la opción que me estaba ofreciendo ese amigo mío.

La lluvia la acompañó desde la comisaría hasta la puerta de su piso, a través del transporte abarrotado, de la gente y sus empujones, de los niños llorones, ofreciéndole la experiencia *plurisensorial* del día. El olor a humedad de la persona que se le sentó al lado le revolvía el estómago, antes ya le había dado en la rodilla con el paraguas y le había mojado los calcetines con el agua que escurría del mismo. Todo el mundo estaba tan cerca que podía ver sus pantallas, escribían mensajes, colgaban fotos acompañadas de mentiras. Veía sonreír para alguna red social a una joven que, al alejar la cámara de su rostro, le dirigía una mirada de asco a su compañero de clase, llevaban el logo del colegio en las mochilas. Pijos, pensó mientras veía a la gente que bajaba y subía. Un codazo en la cabeza. El calor de la humanidad hecha sardinas. Siempre quiso vivir en una ciudad grande. En días como ese no se acordaba de por qué. Qué día más largo. Cada vez más lluvias desesperadas, más días de tormenta con vientos arrebatadores, menos sol, menos aire, cada vez menos oxígeno, en el mundo a lo grande y en aquel asiento que Zulia quería abandonar urgentemente.

Toda aquella odisea para llegar a casa, por fin podría olvidarse del mundo y sus habitantes. El móvil le recordó que tenía que comprar leche cuando ya veía su portal en el horizonte.

Entró en el supermercado sin mirar a su alrededor, conocía la tienda, no tuvo que perder el tiempo que no tenía ubicándose. Cogió leche de almendra, porque yo lo valgo, pensó. Aprovechó y cogió pan, abrió la lista de la compra, con los ánimos por los suelos, no le apetecía nada más que llegar a casa y dejarse caer en el sofá. Aun así, fue a por patatas, pasta, garbanzos y huevos. Menudo lujazo comerse un huevo. Con las bolsas en las manos, y la lluvia mojándole la ropa, llegó por fin a casa. Un apartamento pequeño que compartía con su gata. Qué día tan largo. Recibió un mensaje, sonrió. Se fue a la ducha. Se relajó, comenzaba a sentirse como nueva. Hay esperanza, pensó. Sonó el teléfono, que no se atrevió a apagar. ¿Apagar el teléfono? Es posible, aunque no lo parezca. La voz de una compañera de trabajo le informó de que la necesitaban con urgencia. Se cagó en el mundo entero y en cada uno de sus habitantes tras colgar la llamada. Un día de mierda que no se quería acabar. Escogió otro conjunto de la ropa oscura que usaba en el trabajo. Era policía, estaba acostumbrada a trabajar en uniforme, cuando pasó a detective, no se le ocurrió otra cosa que imponerse sus propias reglas sobre lo que era apropiado y lo que no. Se convencía a sí misma de que había mucha gente que lo hacía. Ahorra tiempo no tener que pensar cada mañana qué te vas a poner, minutos que puedes canjear para pasarlos en la cama, un rato más sin tener que enfrentarte a la realidad. Ahorra tiempo, pero le roba creatividad a la rutina, le había dicho el día anterior la novata en la comisaría. Que naíf es esta chica, pensó Zulia.

La detective se preparó un bocadillo, hizo café y lo vertió en el termo. Lo metió todo en su bolso, con móvil, llaves, placa, auriculares y un par de cosas más que ni siquiera sabía que llevaba siempre consigo.

Otra vez la lluvia, el cielo oscuro, otra vez el metro, la gente que no saludaba, que se amontonaba sin reconocer la existencia de todos los demás. Zulia estaba cansada, de aquel día, de aquel mes, de todo ese año. De pie dentro del vagón, se vio los botines. Siempre llevaba tacón. No se solía maquillar, rara vez se ponía pendientes, pero siempre llevaba tacón. Todo el mundo tiene sus fetichismos, pensó. Zulia se bajó en su parada, caminó bajo el paraguas, iba repitiéndose palabras que no quería olvidar. Se decía que había elegido ser policía para servir, para ayudar. Esa noche de mierda había gente que la necesitaba. Era su deber comerse el disgusto, tragarse la frustración de no tener nada mejor que hacer, nadie a quien justificarle nada. ¿Por qué entonces jode tanto tener que trabajar de más? Zulia se cruzó con una mendiga entre la estación de metro y la de policía. Ella también trabajaba a deshoras, se aguantaba el frío, la lluvia, la indolencia y hasta la rabia de la humanidad. Es por eso que Zulia se hizo policía, para que no hubiese mendigas, pero con el tiempo aprendió que tenía que haberse metido en la política, que como policía solo podía cumplir órdenes, seguir normas, que a veces implicaban sacar a mendigas del metro, impedirles pedir ayuda al prójimo, porque al prójimo moderno le arruina el día tener que echar una mano a quien ha perdido la suerte.

—Buenas noches —dijo al entrar.

—¿Qué haces otra vez aquí?

—Respondiendo a la llamada del deber —contestó con una sonrisa trabajada y unas ojeras que comenzaban a ser parte de su atuendo.

—Están en la 4B —le informó su jefe mientras se dirigía hacia ella desde su despacho con su maletín ya en la mano. Te estaba esperando, te quedas a cargo, me voy a casa —agregó, y se despidió de todos vociferando un hasta mañana.

Zulia no tenía oficina, pero sí un escritorio propio, se sentó con su tableta en las manos, comenzó a leer el informe. Que hubiese refugiados no era nada nuevo, que llegasen a su ciudad sí que era poco común, pero con tanta guerra, con tanta hambre, no era de extrañar que llegasen por otras rutas. Tres individuos. Zulia seguía leyendo sin entender por qué le habían asignado a ella ese caso. Los individuos decían provenir de la República Neoliberal Capitalista de Productividad. RNCP. Eso no tenía sentido. Ah, entonces era por eso que le habían dado el caso, que no tenía sentido... Rio para sí por su propia ironía. Zulia balbuceaba sus quejas e incógnitas.

Una compañera se acercó a su escritorio.

—¿Los vas a interrogar? —preguntó.

—No hasta que tenga una idea de lo que está pasando —dijo Zulia—. Según el informe, están huyendo, pero ¿cómo es posible? ¿Huyendo de qué? —Miró a su compañera—. ¿Cuántas personas darían lo que fuese por mudarse a la República Productiva? Tienen una tecnología con la que no podemos ni soñar, una calidad de vida que supera la nuestra en cualquier aspecto, tienen la ubicación geográfica perfecta, que les ahorra sequía, inundaciones, huracanes y todo el cóctel climático que se ha vuelto el pan nuestro de cada día. La gente quiere entrar, no salir de ahí.

—Ya, pero el país está aislado, ¿no? —dijo su colega. Zulia se quedó callada.

Aislado para proteger a sus habitantes de esta mierda de realidad en que vivimos los demás, pensó.

—Te hace falta un café —añadió su compañera—, y chocolate, sigue leyendo que ya me encargo yo.

Zulia no sabía ni cómo se llamaba la novata, así le decían y así se quedó, mientras aguantaba las peores guardias, ayudando a todo el mundo para aprender mucho y rápido. La novata tenía ganas, y se le notaba.

—Podría ser una trampa, imagina que estos tres individuos no son más que un caballo de Troya. Seguro que hay algo que quieren de nosotros, sabemos por experiencia que esa gente hace una guerra distinta a la que estamos acostumbradas —siguió balbuceando mientras la novata se dirigía a la puerta.

Zulia sonrió al ver que el cortado era de cafetería y el chocolate *fair trade*. La novata es una idealista, le pega bien con la edad, pensó. Se tomó el café en unos pocos sorbos, comió un par de trozos del chocolate.

—¿Cuánto te debo? —preguntó.

—Nada, solo déjame ayudarte con el caso —dijo la novata.

Qué lista, pensó Zulia, parece que ya sabe cómo ganar puntos conmigo. La estrategia del caballo de Troya. No falla.

—Muy bien, vamos a ver qué nos cuentan —accedió.

Zulia y la novata se dirigieron a la 4B.
—¿Los separamos? —preguntó la novata.

La libertad tiene precio,
como todo.
La libertad se da por hecho,
como todo.

Todo lo valioso, lo irreemplazable.
Todo lo único.

La libertad pesa,
Tienes que cargar con la responsabilidad
de la independencia.

En la República Productiva, Melina se encontró con la ausencia de Xía al llegar a casa. No me hagas esto, le gritó a las habitaciones vacías. Estaba enfadada, se preguntaba cómo era posible que Xía fuese tan tonta, no entendía cómo alguien podía cambiar tanto en unos pocos años.

Aquel día que acababa tan mal para ellas había empezado con una sonrisa en el rostro de Melina poco después de llegar a la oficina. Fue en su coche, como siempre, tenía el trayecto programado de un *parking* a otro. Mientras se trasladaba, Melina recibió una invitación para una entrevista de trabajo, se trataba de Radisapiens, una empresa que no paraba de crecer, eran capaces de crear la inteligencia artificial más eficiente del mercado. La invitación parecía seria, conocía a la gerente comercial, se habían visto en muchas ocasiones. Melina sabía que Viarum quería comprar esa empresa para evitar tener que competir con ella, así que comenzó a sospechar que las negociaciones para la adquisición no iban como deseaba Viarum. Melina encontró un par de excusas para ir a hablar con uno de los jefes e intentar averiguar si sus deducciones eran correctas. Todos estaban de mal humor, no solo Radisapiens había rechazado la oferta de Viarum, sino que estaban a punto de lanzar MensUs, de Mens Multiversus, un chip que, junto a su serie de avatares, permitiría

31

a las personas vivir varias vidas a la vez, te podrías ir de vacaciones mientras el avatar, que controlas con la cibermemoria, y el que tiene acceso a todos los conocimientos que almacenas en ella, hace tu trabajo. La realidad ya sería solo virtual.

No podemos permitirlo, gritaba su jefe mientras Melina entraba por la puerta. La tecnología no se va a usar para crear holgazanes. Es demasiada libertad, sentenció otro de los grandes jefes. Si no podían comprar la empresa, podían quitarles el talento. Vamos a contratar a todas sus personas clave. Melina sonrió. Soy una persona clave y en Radisapiens lo saben.

—¿Los separamos? —le pregunté a Zulia, que me miró con cara de sorpresa. ¿Daba por hecho que yo no sabía nada solo porque estaba estrenando trabajo?

—Bien, novata, bien —dijo, con una mueca en el rostro.

Zulia era una detective experimentada. Tenía reputación. En los pocos días que llevaba en la comisaría, mis compañeros de trabajo —nuestros compañeros— ya me lo habían dejado claro por la forma en que hablaban de ella. Había dos grandes grupos: los que decían que era una máquina y los que intentaban quitarle mérito. Estos últimos me confirmaban que debía de ser una crac. Además, me gustaba mucho su actitud. Pasaba del mundo, pero no dejaba que nadie pasase de ella. Yo quería tener esa fuerza en la mirada y en la voz. Se movía con seguridad por la comisaría. Tras solo unos días trabajando juntas, ya podía reconocerla por el ritmo de sus pasos.

Aquel día me convencí de que me convenía caerle bien. A Zulia le daban casos como ese, de los que yo quería ser parte. Necesitaba aprenderlo todo. Quería saber todo de ella. Mi primo solía decir que mi rostro desentonaba con mi mente. Tenía que hacerme notar para no pasar desapercibida. Mi sola presencia no aportaba gran cosa. En esta sociedad ser una mujer joven hacía muy difícil que te tomasen en serio. Qué mierda, ¿no?

Me preguntaba cómo sería en la República Productiva, el lugar de donde provenían los sujetos a los que íbamos a interrogar. Nunca había estado allí, pero había escuchado maravillas. Decían que había mucha más igualdad.

Zulia dio la orden. Había que encerrar a los sujetos en salas diferentes. Los interrogatorios serían individuales. Observamos el miedo que tenían de separarse. Yo temblaba de la emoción, y disimulaba una sonrisa. ¡Mi primer caso! Son seres humanos, tuve que decirme. En este trabajo es importante recordarse a una misma que no son solo casos, que siempre hay seres humanos de por medio, que una también tiene que mantenerse persona.

Se cogieron de las manos, se abrazaron como si estuvieran a punto de tomar un avión con rumbo incierto. A mí se me comenzaba a encoger el corazón. Las voces de los que tantas veces me habían dicho que no tenía estómago para ese tipo de trabajo comenzaron a adueñarse de mis pensamientos. Despertaron inseguridades. Sin embargo, ver cómo se miraban me dio perspectiva: ellas no querían soltarse de las manos, él se enjugaba las lágrimas. Yo estaba en la parte sólida del terreno, ellos en el aire. Ya trabajaría en mi salud mental en mi tiempo libre. ¿Tenía estómago, capacidad e inteligencia de sobra para hacer bien mi trabajo? Era mi deber dejarme de tonterías y creer que sí.

Parecía que les hubiesen quitado un superpoder, o bien que fuesen tres niños a los que separaban de la madre y no sabían cómo defenderse por sí mismos. Me dieron pena, pero la curiosidad me podía un poquito. Una parte de mí quería que se acabasen de despedir para poder iniciar el interrogatorio y entender. Me he preguntado si fue la justicia o el entendimiento lo que me llevó a este trabajo.

Miré el rostro de la mujer de mediana edad a través del cristal. Era bella.

—Vienes de oyente —me recordó Zulia—, nada de hacerte la listilla con preguntas improvisadas.

—Yo sé a lo que voy —mentí. Ella sonrió como si no se lo creyera y me enseñó la libreta que llevaba en las manos. Me sostuvo la mirada unos segundos, como haría desde entonces cada vez que interactuábamos. No entendía qué me quería decir, ¿era una amenaza?

¿Zulia iba de dura? ¿En serio no le interesaban los demás? ¿Era de hielo o de hierro? Nunca sabía qué sustantivo usar en ese tipo de frases. Lo que sabía era que antes se le habían escapado pruebas de lo contrario. Mientras evitaba mirar cómo se despedían, parecía estar preparándose mentalmente para algo difícil. Sí que le importa la gente, me dije. Además, siempre me da los buenos días. No, el mundo no le es indiferente.

Yo también llevaba mi libreta, donde garabateaba mi propia simbología sin sentido. Yo sentía que me daba suerte o por lo menos valentía para lanzarle el lazo a las oportunidades. Había aprendido a dibujar para expresarme.

Entramos. La interrogada se levantó al vernos, intentó acercarse. Zulia le pidió que se sentara. ¿Por dónde empezar?

***

Quítamelo, quítamelo.

Kleo me dijo que me quedara quieta o me haría daño. A mí me dolía mucho la cabeza. Déjame trabajar, Xía. Tranquila. ¿Hace cuánto que te molesta?

Meses, le dije, pero el dolor era intermitente. Ahora cada vez es más frecuente. No lo aguanto.

Me miró seria: con razón, está dañado. ¿Ya lo tienes? Sí, aquí está.

Me quedé mirando el BrainOn, mi modelo de chip, en sus manos, lejos de mí, fuera de mí. Kleo tenía entre sus dedos toda mi identidad. Mis gustos, búsquedas, fotos, vídeos, comentarios, sueños, dieta, entrenamiento, ahorros, vicios. Todo. Conozco a Kleo de toda la vida, pero aun así era difícil hacerse a la idea de que otra persona tuviese todo lo que eres en las manos. Me sentía alienada, despojada de todo, expuesta. Por un lado, era mejor que fuese ella y no una desconocida, por otro, era ella. ¿Y si descubría algo que le ofendiese o que me hiciese quedar como una tonta? Va a descubrir que le miento, va a saber que paso los domingos en el sofá, que no como tan sano como digo, que discuto con Melina con más frecuencia de lo que reconozco. Nadie quiere que le obliguen a renunciar a la privacidad. Cuando yo era pequeña, algo así hubiese sido impensable. ¿Cómo iban a poder leerte los pensamientos, revisar tus recuerdos, tener acceso a eso que has dicho o hecho y de lo que ya ni siquiera te acuerdas? Aunque eso no fue lo peor, lo malo era no poder acceder a internet. Integridad vs. adicción, no es ninguna sorpresa que gane la segunda. Un vídeo más, uno solo más antes de que me quede sin cibermemoria. La sensación de desesperación, de duelo, era abrumadora. ¿Qué voy a hacer sin el chip? ¿Quién soy sin el chip?

***

Subió la mirada de sus manos a sus ojos, le preguntó:

—¿Lo puedes arreglar? —Quería quitárselo de las manos, volver a ponérselo. Un mensaje más. Una foto más. Su estatus.

—Creo que deberías comprarte uno nuevo, la verdad. Aunque sirviese, es muy viejo, ¿a quién conoces que no se compre una cibermemoria nueva por lo menos una vez al año? La tecnología avanza, Xía. La hacemos avanzar cada día. Consumir es tan importante como producir.

—Ya, ya...

—Lo digo por tu bien.

—Venga, intenta arreglarlo. No puedo comprar uno nuevo.

—¿Te va mal en el trabajo?

—Sí, no creo valor. No produzco.

—Venga, no seas tan dura contigo. Entiendo que te sientas amenazada por las noticias. La IA mejora a pasos agigantados. Lo sé, Xía, sé que dentro de poco lo más probable es que te quedes sin trabajo, pero aún no ha llegado ese día. Vive, consume y todo irá bien. Además, tienes a Melina.

—¿Puedes arreglarlo?

—¿No me estás escuchando?

—Sí, pero tengo que ahorrar.

—Tienes que dejar de pensar de esa manera tan primitiva. ¡Ahorrar!

—Ya estoy sin trabajo.

—¿Te echaron de la agencia?

—En teoría aún no...

—Venga, Xía. Tienes que ponerle más ganas. Mereces algo mejor que este chip viejo.

—Por favor, intenta arreglarlo.

—Vale, vale, porque eres tú. Déjame ver qué puedo hacer, pero me va a llevar unos días, ¿te las vas a apañar?

—Tengo un teléfono.

—¿Un *smartphone*?

—Uno de los primeros que de verdad era inteligente. Un clásico.

—Muéstramelo. Hace mucho tiempo que no veo uno.

—No lo he traído.

—¿Y cómo vas a hacer? Ay, Xía, pero ¿qué te está pasando? ¿Estás bien?

—Me voy andando a casa, allí lo tengo. Puedo estar un rato sin internet.

***

No estaba segura de que fuese cierto, pero quería obligarme a estar sin internet unos minutos, quizás una hora o dos. Parecía una locura, no me creía las palabras que salían de mi boca, pero mis estudios, los conocimientos que adquirí antes de que la filosofía se considerase una tontería, y mi intuición me recomendaban una desintoxicación.

¿Cómo puedes pensar con libertad si tu mente no vive sola, si tienes a todo el mundo haciéndole compañía, filtrado por un chip? Aquella era mi oportunidad de volver a pensar, de asegurarme de que no me limitaba a obedecer, como diría Arendt. Fue ella quien hizo que me interesase por la filosofía. Ella y el Taijitu, el yin y el yang.

Me parece peligroso que andes por ahí sin conexión. ¿Estás bien? ¿Quieres que hable con alguien? Estoy bien, Kleo, gracias. Te recuerdo que a principios de este siglo la gente ni siquiera tenía *smartphones*. Eres una romántica. Tómate esto para el dolor de cabeza. Gracias.

—Le cogí la mano, quería que sintiese mi sinceridad a través del calor. Las caricias se han perdido. La piel ha dejado de ser el órgano del tacto, se ha convertido en el de la vista porque solo sirve para que te vean.

Le di las gracias por haberme llamado romántica más que por la pastilla. Sí, soy una romántica perdida. Sí, y eso es lo que me llevó a escoger un trabajo sin futuro, sin prestigio; a depender del estatus de mi pareja para poder seguir viviendo con comodidad, en el círculo de la gente productiva. No siempre fue así, una vez mi nombre tuvo alguna relevancia. No me supe adaptar. No, no estoy bien, quería decirle. Claro que estaba preocupada. No quería ser una mantenida, una esposa de, bueno, es que resultó que ni siquiera servía para eso. Una esposa mantenida tenía que saber gastar, yo no era más que una consumidora media. No compraba cosas para el piso una vez a la semana ni necesitaba un modelito nuevo cada vez que salíamos. Me preguntaba cuándo comenzaría Melina a exigir que aparentase ser la esposa perfecta. Ni siquiera nos queríamos casar, decíamos que solo lo haríamos si lo necesitábamos por razones prácticas. Dicho y hecho, Viarum se lo dejó claro, ¿quieres el ascenso?, cásate. Sí, soy una romántica, y le di las gracias a Kleo por decirlo, por reconocer que es obvio que tengo que cargar con esa incapacidad cada día, en cada pensamiento, pero eso también me llevó a cruzar la frontera en busca de la libertad. Me trajo hasta aquí.

De pequeña tenía sueños, pero con los años se me fueron quedando en ideas. No valía para ser de esas personas que cambian el mundo, lo cual no era nada nuevo, lo novedoso fue reconocerlo. En voz alta. Cambiar el mundo suena a herejía, hay que optimizarlo. El mundo y nuestra mente, por eso tenemos los BrainOn y los iMind, las dos marcas de chips de cibermemoria creadas para mejorar nuestro imperfecto y precario cerebro humano.

En la consulta de Kleo, la habitación era blanca, estéril, hasta que las pantallas que cubrían las paredes se llenaban de color y un nuevo mundo cobraba vida. Los muebles desaparecían camuflados por las imágenes que te permitían seguir conectada, aunque ya no estuvieses al mando, aunque no decidieses qué ver, qué sentir. En algún momento critiqué la noción de que tuviésemos algún tipo de control sobre internet. Yo escojo un enlace solo después de que alguna otra pieza de internet me haya dirigido hacia dicho eslabón, ¿fue una elección o estaba siguiendo órdenes? La gente me miraba como a una loca. Si buscas botas para senderismo es porque te hacen falta, no porque internet te obligue a hacer senderismo. Entonces yo argumentaba que probablemente la idea de hacer senderismo o la duda de si tenía el calzado apropiado se creó en mi mente mientras visitaba algún anuncio explícito o implícito a través de internet.

Recuerda: la cibermemoria en modo análisis. Se leía en las pantallas cuando detectaban la actividad normal del dispositivo.

No siempre era necesario tener el chip desconectado toda la sesión, pero para la fase de diagnóstico era obligatorio. En modo análisis se podía revisar su funcionamiento, además de que era la única manera de tener la atención total de una persona a la hora de hacerle las preguntas pertinentes. Bueno, casi total, las pantallas estaban ahí para aliviar frustraciones, ataques de aburrimiento y síndromes de desconexión.

Kleo me sonreía con los ojos en el pasado, nuestra amistad tenía historia. Me apretó la mano para darme fuerzas. Me contó que quería decirme que todo iba a estar bien, pero ya no sabía qué significaba esa frase. Ya todo es lo mejor que puede ser, dijo. Me hundí en la silla, aferrada a su mano.

Kleo me recordó el día que se privatizó el gobierno, cómo lo celebramos. La reestructuración de los votos, aquella vez también creímos que era una victoria. Kleo me preguntó si recordaba las conversaciones que tuvimos en nuestras respectivas cocinas mientras discutíamos la concesión de voto y veto a

Laximtoc en Colubris. ¿Lo saben? Laximtoc es una de las grandes empresas, la que consiguió el milagro de Colubris, un pueblo olvidado hasta que llegaron ellos... ¿No saben la historia? Claro. Volveré a ello más adelante. Estábamos cocinando juntas, como cada viernes después del trabajo y antes de salir a tomar algo. Era el día de Xía y Kleo. Yo troceaba cebolla y verduras, ponía aceite en la sartén. Kleo hablaba con una copa de vino en una mano y la otra llena de gestos para dar énfasis a sus palabras. Como siguiendo una coreografía, cambiábamos de actividad, ocupando una el lugar de la otra. A ninguna se nos daba bien cocinar mientras hablábamos de temas apasionantes, se nos quemaba la cebolla, ignorábamos la alarma del arroz, y cosas por el estilo, de ahí el origen de nuestra costumbre de turnarnos la palabra y la cocina.

La privatización de un país, ciudad a ciudad, era un asunto muy serio para dos mujeres educadas, con carreras, salud, dinero y amor. Todo. Nada que indicara por qué necesitaríamos un cambio tan drástico y, sin embargo, Kleo estuvo inclinada a apoyar la privatización desde el principio.

Me levanté de la silla sin esperar a que el dolor desapareciera. Había vuelto a ser solo carne y huesos, la implantación y extracción de un iMind, un BrainOn y del resto de marcas disponibles en el mercado, había llegado al punto de ser una invasión quirúrgica mínima. La mecánica había cedido a otras ramas de la física. Sin embargo, más del 90 % de las personas a las que se les extraía el chip mostraban las características del síndrome del miembro fantasma. Una parte de su mente amputada.

Di unos pasos, miré las pantallas. Madre mía. Sí, necesitaba uno nuevo, uno más moderno. Con el sistema de proyección que había comprado Melina y un BrainOn de última generación podría disfrutar de imágenes en 5D de alta calidad. Sería una experiencia muy parecida a la que estaba viviendo en el consultorio de mi amiga, no, mejor. Mucho mejor porque yo tendría el control.

Kleo proyectaba siempre imágenes de bosques frondosos, olor a pinos, a tierra mojada, el sonido de la lluvia sobre las hojas de los árboles. No lo hacía por mí, al resto de sus pacientes les proporcionaba contenido pensado para ellos, para que se relajasen, pero como me tenía confianza, aprovechaba y ponía algo de su agrado. No sé por qué le gustaba sentirse en medio de la nada. No sé cuándo comenzó a disfrutar de la naturaleza. De pequeña, le encantaba el ruido de la ciudad por la noche, nos fascinaba a las dos. Nuestro ritual era relajarnos, o exaltarnos para hacernos más justicia, con los sonidos de la actividad humana nocturna. Al menos una vez por semana, cuando se quedaba a dormir en mi casa. Somos amigas de toda la vida. No sé cuándo la vi por primera vez. No tengo un primer recuerdo de Kleo. Ella siempre ha estado allí.

Nos recostábamos en el marco de la ventana y nos poníamos a escuchar la ciudad que cobraba vida ante nuestros oídos. Los coches a distintas velocidades, las voces de la gente charlando, la mayoría por teléfono. La lluvia. Cómo nos gustaba escuchar la lluvia caer, ver a la gente pisando los charcos. Había bosques cuando éramos pequeñas. A veces, los fines de semana, íbamos a algún parque y jugábamos entre los árboles, los bosques quedaban muy lejos, pero existían.

Kleo y Xía corriendo. En sus marcas. Listas. ¡Fuera! Adentro. Hacia una realidad sin uniformes escolares, sin algoritmos, sin código. Un mundo de tacto, de respiración acelerada, risas resonando en la cabeza. Sudor. Improvisación. Qué locura, qué éxtasis, qué diferente comparado con el mundo adulto de producción y consumo. Qué tristeza, qué aburrimiento. Todo bajo control. Predecible. Intacto de la imaginación. Pero qué comodidad, qué tranquilidad. No se puede tener todo en esta vida.

Es tan fácil dar por hecho que todo está bien, que los bosques existen, que respiran con normalidad, que sus árboles son frondosos, y no solo ramas tostadas tras los incendios cada vez más frecuentes, pero bueno, las nuevas purificadoras de aire se encargaban de que hubiese suficiente oxígeno. ¿Para qué tener un montón de árboles ocupando espacio si no era necesario? Los podías ver cada vez que querías, imágenes de la naturaleza de otros países, viajes en realidad virtual. La naturaleza salvaje y abundante no suele estar en países productivos. La productividad requiere sacrificio, la selva y los bosques tenían que desaparecer por el bien de nuestra economía a corto plazo.

En donde crecí solía haber parques. Antes, aún los recuerdo. Cerca de la que fue la casa de mis padres hubo uno hasta hacía poco. Mi papá me llevaba a jugar allí los fines de semana y algún día entre semana, por la tarde, después del trabajo, cuando yo ya había hecho los deberes. Mamá solo venía a veces, cuando cenábamos fuera en algún chino. Qué ricos eran los *dumplings*. Recuerdo la textura. Le insistía a mi madre para que viniese con nosotros, pero siempre estaba ocupada haciendo la comida o poniendo la lavadora. Qué aburrida, pensaba yo de ella... qué naíf era yo.

Parpadeé esperando recibir algún mensaje, algún me gusta, pero no tenía la cibermemoria, solo un terrible dolor de cabeza. Qué desilusión. Tenía solo mis pensamientos. Nada más. Seguí caminando por la unidad de atención primaria. Estéril, minimalista. Era una maravilla que tuviésemos acceso a esa calidad de atención cibermédica. Asalus patrocinaba todos los consultorios de esa zona. Me hacía sentir segura. Cuando veía reportajes sobre los países poco productivos, me daba pena la gente que tenía que vivir en esas condiciones, con una sanidad tan primitiva, con listas de espera. No todos tienen acceso a esta calidad, me dije, mientras miraba a mi alrededor y recordaba las imágenes de los anuncios de Asalus. Aunque la verdad era que yo ya no podía pagarme esa calidad, tendría que haber ido a un centro de tercera o cuarta clase, y la historia hubiese sido muy diferente. No sé cuántos días habría tenido que esperar para una cita, además, habría tenido que ir a las afueras, lo cual en sí ya era un problema. Por un lado, por el tiempo que llevaba llegar hasta allí, pero, además, estaba el asunto de la inseguridad. Menos mal que tenía suerte y podía ir a Asalus. Kleo tenía razón. Debería haber pensado más en mi economía, cambiado de trabajo y producido algo más rentable. ¿A quién le interesa la historia o la literatura? Es todo parte del pasado. Debería haberle hecho caso. Melina tampoco paraba de decírmelo. Tenía que aprender a pensar de una manera práctica, anticipar qué tipo de trabajo iba a seguir pagando a largo plazo. Las cosas cambian, mucho y muy rápido.

Había cumplido ya los trece años cuando se dio el cambio de sistema. Ya tenía mis ideas sobre el mundo, así que no pensaba de la manera práctica, eficiente, como se piensa hoy en día. No, no. En esa época no me imaginaba que solo unas cuantas carreras de las de entonces iban a existir en un futuro tan cercano. Una siempre cree que las cosas van a ser iguales, que el cambio no te va a afectar, que lo vas a ver a lo lejos mientras son los demás quienes tendrán que correr desesperados detrás del tren que ya han perdido. Ahora a las niñas se les enseña a tomar decisiones inteligentes desde pequeñas. Hacen bien. Siempre hay que pensar en el futuro. Mis padres tampoco vieron venir los cambios, así que no supieron guiarme bien. Se pensaba en otras cosas en esos tiempos. Ahora, como sabemos qué es lo mejor para las generaciones futuras, se las guía para que se especialicen en los conocimientos necesarios para la IA, la biorrobótica, y todas las ciencias que nos facilitan la vida día a día. Carreras de provecho para no acabar siendo un parásito al que las máquinas le quitan el trabajo. Claro que siempre hay gente que cree que ser parásito es bueno. En la República Productiva existe un movimiento a favor de la esclavitud de las máquinas, que sean los robots los que trabajen, que las personas nos dediquemos solo a vivir, a disfrutar, como si estuviésemos en unas vacaciones permanentes. La idea, a veces, es tentadora, pero no puede ser. ¿O sí? ¿En qué va una a pasar el tiempo si no trabaja?

Mi madre y mi padre eran de clase media, pero el cambio de sistema los puso en otro lugar. Era justo, la verdad, pero no volvieron a levantar cabeza. Nos tuvimos que mudar a las afueras un par de años antes de que yo comenzase la universidad. Mi madre estaba cada vez peor de los nervios, así decían, pero yo lo que veía era que estaba triste, ya ni siquiera pintaba. Mi padre tampoco estaba produciendo lo debido, así que no había más remedio. Fue humillante, porque claro que no fue al lado correcto de la ciudad, sino al de las personas poco productivas. Era otro mundo.

Si pudiese echar el tiempo atrás, estudiaría algo más práctico. Todo habría sido más fácil, a lo mejor no estaría aquí, sino que habría sido feliz en mi país, con un trabajo productivo, con dinero y comodidades, encajando en el rompecabezas de la productividad. Melina decía que siempre me quedaría meterme a *influencer*, que como tengo experiencia hablando en público, como conozco muchos datos y sé contar historias, podría haberme creado un nombre en las redes, pero no sé, siempre sentí que hacía falta algo más, carisma, o algo por el estilo.

Recogí mi bolsa con el logo de Asalus, la abrí, aunque ya sabía lo que se escondía en su interior. Chocolatinas y caramelos cubiertos de rostros sonrientes y una serie de hipervínculos que solo eran símbolos indescifrables si no te conducían a ninguna página de la red. Yo adivinaba los mensajes detrás de esos enlaces, no solían variar mucho de una visita a otra. Modificaban los gráficos, añadían más efectos, pero el contenido giraba siempre en torno a la importancia de una buena atención cibermédica, además de vídeos que mostraban las deficiencias que en la materia tenían los países poco productivos, y cómo eso afectaba la vida de sus habitantes. Esos vídeos acababan con imágenes de Asalus, su historia, empleados, logros, valores, etc. Te sentías en buenas manos, entendías el valor de lo que te ofrecían y por qué costaba lo que costaba.

Asalus. El logo penetraba mi mente, me transformaba en una zombi. ¿Cuánto costaba el seguro al mes? La mejor opción. ¿A qué otra empresa le confiarías tu salud? Ese era su eslogan.

La costumbre y el cambio bailan delante de ti.
Se disfrazan la una del otro en un anuncio publicitario.
Y haces clic, sí, lo aceptas.
Sin leer, sin entender.

El cambio viene con las olas del mar,
corres detrás de él por inercia, jugueteando.

Hasta que deciden por ti,
que el cambio es la regla.

No eres rebelde, no quieres dar el primer paso.
Mejor que alguien más pruebe antes,
que te cuenten cómo fue, qué pasó.
Por si acaso.

La costumbre te abraza.
Con su calor te consuela.
A veces te ahoga, pero ya no distingues
el azul del negro.

El cambio y la costumbre bailan delante de ti.
No les importas, van a su ritmo.
La vida es tuya para elegir.
¿Eliges pensando también en la sociedad o solo en ti?

La costumbre fue cambio,
y lo que hoy es cambio será costumbre.
Tú decides el ritmo.
Las consecuencias de una velocidad u otra.

La costumbre de cambiar.

Abrí la libreta al sentarme frente a ella. En el silencio escuchaba su nerviosismo. Xía, apunté. Acompañé su nombre del negro de su pelo, corto, liso; ojos oscuros, estatura media, rostro ancho. Nerviosa, intentaba controlar sus movimientos, pero se delataba cada vez que hablaba. Zulia le dirigió una frase amable y le recordó que no había hecho nada malo, que aquel interrogatorio era rutina, burocracia.

—Nuestro objetivo es recoger datos, entender el motivo de tu petición de asilo, el contexto con detalles. ¿Me entiendes? —le preguntó con serenidad y hasta le ofreció una pequeña sonrisa.

Me quedé un par de segundos absorta en la paz que emanaba de mi colega. ¿Cuál era su truco para emitir tanta tranquilidad y confianza? Conmigo nunca era así. Me miraba siempre desafiante.

La interpelada asintió y Zulia comenzó aquella entrevista de la misma manera que empezaría las otras dos.

—Preséntate, por favor. Indica tu nombre completo, tu profesión, edad, nivel de ingresos y haz expresa tu solicitud de asilo.

Xía cumplió el requisito sin mayores problemas. Cuanto más hablaba, más se calmaba. Yo lo recogí todo en mis apuntes, y me di cuenta, por primera vez, de que mis anotaciones le llamaban la atención a Zulia. Había una cámara situada frente a Xía, pero Zulia miraba con curiosidad mis apuntes.

—A ver, empecemos por el principio —dijo Zulia, centrándose en la interrogada y dedicándole toda su atención. En ese momento, pensé que se había olvidado de mí, aquello era cosa de ellas. No sabía si la escena era una técnica común en los interrogatorios policiales o si Zulia se lo había inventado.

Xía comenzó a narrar el día que fue a la consulta de Kleo en Asalus. Yo apuntaba lo que decía con la rapidez y agilidad de la práctica continuada. Zulia seguía mirando de reojo mis notas, ¿tal vez impresionada por la cantidad de símbolos que utilizaba? Suponía que se preguntaba cómo iba a ser capaz de descifrarlos después. Me suelen preguntar que si tengo buena memoria. ¿Me lleva mucho tiempo reconstruir el mensaje? ¿Merece la pena? Para mí era una maravilla escuchar a la vez que apuntaba sin tener todo el tiempo los ojos clavados en el papel. Podía mirar a Zulia y a la interrogada, ver sus reacciones, escuchar su tono de voz y las expresiones que acompañaban la narración.

Zulia me comentó en una conversación posterior que en ese momento supo que me iba a convertir en una detective de las buenas. Menudo cumplido. No solo que pensase eso de mí, sino que lo hiciese mientras cumplía con su trabajo, y en un interrogatorio, su parte favorita.

Zulia volvió a mirar mis apuntes de reojo, su mirada pasó a centrarse en la mía, donde se quedó un instante transmitiéndome un mensaje que no supe descifrar.

—Vamos a tomarnos un descanso —sugirió. Nada más salir, me rozó el codo y me volteé. Su mirada me puso algo nerviosa—. Novata, observa a Xía con cuidado. Atrapa detalles, ¿vale?

—Estoy en ello —le aseguré, aunque mi voz sonó insegura—. Mis apuntes te facilitarán el trabajo.

Zulia sonrió. ¿Se lo había creído? Me sentí un poco idiota, ahí embobada, intentando impresionarla ¿solo porque estaba por encima de mí en la jerarquía? Qué naíf soy a veces, pero bueno, Zulia había interrumpido el interrogatorio porque mis apuntes le habían llamado la atención, eso debía de significar algo.

Fuimos a por agua. Zulia me confesó que estaba convencida de que la vida de Xía tenía que ser mejor que la suya. Sin las jaquecas que causa vivir en un país poco productivo. Y, sin embargo, ahí estaba pidiendo asilo.

—No me cabe en la cabeza que eso sea posible —me lo comentó justo antes de dar por acabada la pausa—. Venga, a seguir, novata.

Así sin más, me había creado la duda de si podía ser imparcial o si iba a pensar que la petición de asilo tenía trampa porque nadie querría voluntariamente abandonar la República Productiva.

—¿Cómo surgió la idea de huir? No me interesa solo el viaje, quiero la razón y el razonamiento.

Xía continuó el relato sobre aquel día, en la consulta de Kleo. Los dolores de cabeza, el paseo a su casa sin chip. Las ciudades pantalla. Asalus, Laximtoc. Zulia escuchaba el relato con los brazos cruzados y recostada en la silla. Parecía frustrada. En su cara había incredulidad con trazos de envidia. Tanta delicadeza, tanta serenidad, poco le habían durado. ¿Los prejuicios se le salían por las orejas o me lo estaba imaginando? Me preocupaba que la interrogada pensase eso también. Apunté, en el margen, preguntarle a Zulia si esa actitud era también una estrategia y seguí con mi trabajo, fijándome en Xía, anotando sus palabras. Su rostro se llenaba de tristeza mientras contaba los recuerdos que revivía ese día, escribí. Me fijaba también en Zulia. Le guardé una hoja para sus cambios de humor. Sí, algún día se lo podría echar en cara. Debería sugerirle irnos a tomar algo después del trabajo, así podría dejarle claro lo que pienso de su parcialidad.

Tenía una estructura concreta para organizar mis anotaciones. Apuntaba lo que oía en una columna, lo que veía en la otra y, en los márgenes, aprovechaba para meter lo que pensaba, lo que sentía, lo subjetivo, lo que no tenía que incluir, pero que a la vez me ayudaría a entender lo objetivo de mis columnas llenas de jeroglíficos. Yo también tenía mis prejuicios, y mis ideales, necesitaba controlarlos de alguna manera.

Recuerdos. A eso quedaría reducida Xía cuando le entregase mi resumen a Zulia y esta no me permitiese asistir a los interrogatorios por las cuatro verdades que le pensaba decir. Quería recordarle que su trabajo era ser imparcial, hacer preguntas, recoger respuestas, dar una recomendación basada en hechos y derechos, en la responsabilidad de la comunidad internacional. No en sus prejuicios. O envidia.

—Pero ¿cómo le voy a tener envidia?, ¿estás tonta? —Zulia agregó una pregunta más—: ¿De verdad vas a entender todos esos dibujitos que has hecho? —Y sonrió.

Debí haberme enfadado, pero me quedé descolocada. Así se libró Zulia de escuchar mis reproches. Sí, debía de tener el día tonto.

Aquella noche, cada una en su escritorio, preparábamos nuestros informes del primero de los tres interrogatorios que haríamos antes de dar la jornada por acabada. Un pensamiento me hizo levantar la cabeza de mis apuntes por un instante, y salió de mi boca sin pedir permiso:

—Su mundo no es tan diferente del nuestro. En los dos vale más ser *influencer* que tener una cátedra universitaria.

Zulia se irguió en la silla. Tenía la ceja levantada.

—Se supone que su país es el nuestro con medio siglo de adelanto, ¿por qué va a querer alguien volver al pasado? —dijo en tono de sentencia.

Me volvió a recorrer un calorcito en el cuerpo. ¿Indignación? Temí que Zulia no pudiese ser justa, ella se levantó, se acercó a mi escritorio con ese aire de tenerlo todo tan bien pensado que no dejaba espacio a ninguna objeción.

—¿Estás enfadada? —me preguntó Zulia. Musité mis dudas.

Zulia se acercó a mí un poco más. Podía sentir su respiración, se me cayó el bolígrafo al suelo.

—Te digo lo que pienso porque me caes bien, novata. Sé hacer mi trabajo, no voy a perjudicar a nadie a sabiendas. Nuestro deber es proteger a la población.

Asentí mientras veía cómo se alejaba de mí. Se giró y me miró de nuevo, menos mal que yo estaba sentada, me sujeté de mis propias piernas. Sonrió antes de volver a centrarse en el trabajo.

—No le vamos a hacer las mismas preguntas a Kleo ni pedirle que reconstruya la misma escena. Vamos a levantar un puente que nos lleve desde el día en que Kleo le extirpó el chip a Xía hasta hoy. ¿Estás lista con el borrador del informe? Quiero saber qué pasó con Kleo cuando Xía abandonó su consulta.

Asentí pensativa. Supongo que eso la alertó.

—¿Estás bien? —preguntó con cierta preocupación.

Me levanté. Yo sentía que tenía que mostrarle mi carácter, mi fuerza, pero al encontrar su mirada no pude.

—Vamos —contesté.

Suponía que la noche iba a ser larga, pero me quedé corta, después de hablar con Kleo, quiso volver a ver a Xía.

La memoria es frágil.
Le afecta la lluvia,
el ruido, la contaminación.

Se pone oscura con el frío,
exagera los colores con el calor.
La entumece la humedad.

La memoria juega con los recuerdos,
reorganizándolos,
cambiándoles el tamaño,
difuminándoles los bordes,
acentuando fragmentos.

La memoria es frágil.
Le afecta la soledad,
el tiempo, la distancia.

Esta Xía siempre aferrada a reparar sus artefactos pasados de moda. La ayudo porque sé que no le va bien en el trabajo, pero no sé cuántas veces puedo reparar un chip tan viejo como este. Aunque su problema es su orgullo, no su economía. Melina le compraría dos o tres BrainOn de última generación, pero me sé de memoria los discursos con los que le contestaría Xía. Este BrainOn representa mi independencia, si no puedo ni siquiera pagar por mi propio chip, ¿qué sentido tiene que siga trabajando? Sí, la puedo imaginar haciendo sentir mal a Melina por querer comprarle una cibermemoria nueva. Ay, Xía, cuando se te mete algo en la cabeza no hay quien te gane. No sé cómo puedes vivir en un mundo de tan baja resolución. Deberías pedir un préstamo y comprarte uno nuevo. Quizás debería solicitar yo alguno en tu nombre. Hoy en día una persona no puede vivir sin internet. Ni siquiera los perros van por ahí desconectados, ¿te imaginas? No quiero ni pensar cómo controlaba la gente a sus mascotas antes. Sin siquiera poder delimitar el área de juego. ¿Cómo era antes de la descarga eléctrica tan efectiva para perros mal acostumbrados?

***

¿Desde cuándo? Desde el cole. Fue una casualidad lo de ser amigas... Lo digo porque trabajamos en un proyecto para artes plásticas y nos lo pasamos tan bien que comenzamos a estar más tiempo juntas... ¿Rivalidad? No la he sentido. Siempre he estado muy cómoda a su lado.

Yo seguí los estudios que me recomendaron en el instituto... Allí son muy estrictos con eso. Me refiero a que te repiten una y otra vez que sigas una formación adecuada a tu capacidad y a la demanda de empleo. Xía hizo lo mismo. Consiguió una cátedra en la Universidad Central de Productividad. Ya casi no quedaban cátedras de humanidades. Ella iba a formar a los políticos 3.0, los innovadores, empresarios, economistas y visionarios que estaban dando sus primeros pasos en política... Sí, claro. Es que Xía había sido profesora de Filosofía y Humanidades, pero la cátedra se la dieron en Retórica y Discurso político. Solo valía el conocimiento práctico.

Ha sido una eminencia, ya os lo digo. Aunque se haya quedado sin trabajo. Que el mundo no dé valor a tu oficio no significa que no lo tenga. Claro que si no le daba ni para una cibermemoria de última generación... No estoy segura de lo que pasó, pero en algún momento su inteligencia dejó de ser compatible con su éxito.

Claro que me alegré. Hasta di un salto de alegría cuando recibí la noticia sobre su cátedra. Fue como si mi propia suerte hubiese cambiado. Fuimos a celebrarlo esa misma noche. Qué tonta fui, no me lo puedo creer... Porque pensaba que los cambios sociales y políticos del llamado consumo productivo tendrían un buen futuro. Había personas como Xía enseñándoles a pensar a los políticos de entonces. ¿Qué podría salir mal? No me di cuenta de que era una fachada y que duraría un tiempo limitado. Pero me sentía orgullosa de Xía. Éramos parte de un grupo grande los que nos alegrábamos de su éxito. ¿Mi esposo? No, él no. En realidad, mis amigas le importaban más bien poco... Claro. Eso me enfadaba, pero solía dejar que se me pasara... Porque pensé que era lo inteligente. Ahora sé que me equivoqué, debí de haber terminado esa relación en aquel momento. O mucho antes.

¿Ya se dieron cuenta de que él no está aquí? Es que no hubiese podido hacer este viaje con ninguna otra persona. Xía ha sido mi apoyo desde siempre.

No hay mucho que contar sobre su chip... ¿El de otros pacientes? ¿Por qué queréis saberlo? No sé en qué podría ayudar eso a que nos concedan el asilo. Además, hay un secreto profesional de por medio... Bueno, en eso tenéis razón. Sí, creo que si lo veo así, puedo hablarles de otro de los pacientes que tuve el día que le quité la cibermemoria a Xía. Cuando la vi entrar supe que estaba mal. Temblaba, tenía la mirada perdida, no necesité hacerle muchas preguntas para saber qué le pasaba... Se le había bloqueado el dispositivo. En el informe figuraba que llevaba un tiempo con dolores de cabeza agudos. Quería que se lo arreglara a toda costa y comenzó a ponerse más y más nervioso a pesar de que yo le proyecté el partido que estaba viendo antes de que su cibermemoria dejase de funcionar... Y me empujó. Me dijo que le diera mi iMind, que yo trabajaba para ellos (refiriéndose a Asalus). Gritó que ellos se habían adueñado del país y otras cosas más. Estaba rojo, desesperado. Sentí miedo y tuve que pedir ayuda. Mi asistente se encontraba en una ubicación remota haciéndole una segunda revisión a los pacientes para asegurarse de que esa división de Asalus era la adecuada para cada caso. No era necesario que paciente y profesional estuvieran en la misma habitación en esas situaciones. La primera revisión se realizaba a partir de una prueba disponible en la aplicación de Asalus, sin participación humana. Le indiqué que tenía un problema con el paciente. Un Código 33. Seguridad entró enseguida.

Vas con prisa, sin reflexionar.
Vas por la vida sin pensar.
Los sentimientos se quedan de lado, en el sofá,
mientras tú estás en las redes corriendo sin rumbo.

Los sentimientos se diluyen entre la desinformación,
y la comparación entre categorías diferentes.
Absorbes como una esponja artificial,

un objeto que no piensa ni siente.

Del trabajo a internet,
ya no distingues nada más.
Un péndulo en trayectoria predeterminada.
Infinita sin traslación.

No ves.
No hay arte ni amor.
Es una rutina de acciones.
Sin reflexión.

Dos personas en uniforme oscuro, con la cara cubierta. Kleo sabía quiénes eran, solo se ponían las caretas cuando tenían que usar la fuerza, ya no eran personas, eran los brazos de la seguridad y la estabilidad. Del orden. Se llevaron al paciente entre gritos y movimientos violentos a una habitación en esa misma planta.

Solo unos pocos metros cuadrados, una silla de dentista en una esquina. Lo sentaron a empujones. Tres veces le exigieron que se quedase tranquilo. No hacía caso. Era un loco, un muerto de hambre, pensaron.

—Has perdido el trabajo. No tienes propiedades ni inversiones. ¿Crees que vales algo? —le hablaban sin quitarse las caretas.

El paciente no podía moverse, el miedo lo paralizaba, les temía a esos dos cuerpos cubiertos, grandes, fuertes, llenos de ganas de dar puñetazos y patadas. Se estaba arrepintiendo de haber llegado hasta ahí.

—Soy un consumidor. Eso es parte de la ecuación. Es lo que Viarum dice siempre. No vale de nada producir sin consumir.

—Sí, amigo, pero hay que producir, estar ocupado siendo una persona de bien.

—Malditos puritanos neoliberales. Todo está mal en este mundo de mierda que habéis creado.

Esas fueron las últimas palabras que dijo en aquella habitación. Seguridad se encargó de calmarlo con un par de golpes, una inyección y más golpes mientras el líquido hacía efecto. No tardó mucho, pero los golpes se dan con facilidad cuando la presa no puede defenderse, cuando quien golpea tiene la justicia y la verdad de su lado. Se giraron, frente a frente, y se vio él reflejado en la máscara negra de su compañera, igual a la suya, ambas escondían las sonrisas de satisfacción que llenaban sus rostros. Ahí mandaban ellos. Una patada más al ya inconsciente cuerpo en la silla. Porque me da la gana.

—Ya me encargo yo. Vete a comer —dijo ella.

—¿Seguro? —preguntó por compañerismo, porque el paciente ya estaba inconsciente, solo había que esperar a que un equipo de la policía viniese a recogerlo.

Malos contactos, baja productividad, bajos recursos. Probablemente pasaría de la policía a la extradición ese mismo día, Viarum no quiere ese perfil en sus propiedades.

—Seguro.

Tras oír la confirmación, salió de la habitación. Se quitó la máscara, los guantes y el chaleco sólido, diseñado para proteger a los agentes de la seguridad. Retiró también la carcasa que le daba poder a las botas. Era hora de ir a comer, no necesitaba tanto peso en el cuerpo, podía caminar con ligereza y poner su rostro más amable a sus compatriotas. Había hecho su trabajo. Había protegido a la ciudadanía. Se arregló el cabello, miró su reflejo en una ventana, se guiñó el ojo. Le echó un vistazo rápido a su uniforme. Impecable. Se dirigió a la oficina de Kleo.

—¿Te apetece salir a comer? —preguntó Sur desde la puerta, con una sonrisa maliciosa.

—Voy con retraso, ¿mañana? —dijo Kleo después de mirar el reloj.

—Vale.

—Gracias por la recomendación.

—¿Te gustó la película? —dijo Sur tras los segundos que tardó en entender a qué se refería.

—Sí, mucho. No sé cómo la gente vive en esos países que no cuidan la economía ni la productividad.

—Ni la tecnología. Sin cibermemorias.

—Sí, qué primitivos. Aquí también había gente que estaba en contra de la implantación.

—Sí, hay locos en todas partes. Me voy a comer.

—Nos vemos luego. Te queda muy bien ese corte de pelo.

—Gracias. ¿Quieres que te traiga algo?

—No, Sur. Gracias.

—Algo tienes que comer. A ver, ¿qué te traigo?

—Eres siempre tan amable.

Se miraron unos instantes, acortando los escasos metros que los separaban, para luego alargarlos hasta el infinito. Kleo se recostó en la silla. Sur entró y cerró la puerta detrás de sí. Kleo se irguió como si estuviese sentada sobre agujas.

—No —dijo.

Sur asintió mientras comenzaba a retroceder, sin perder la sonrisa traviesa. Kleo miró las cámaras de reojo y pensó en el beso que había permitido unos días antes y en el que no dejó ser en aquella ocasión. Recordaba sus brazos, la anatomía de su rostro. Fantaseaba con su lengua, con sus manos, con follárselo a escondidas en algún lugar público, quería que la pusiese contra la pared para después quitarle el uniforme y tomar el mando. Poder, ¿por qué desear más poder con el trabajo que tenía? Se dedicaba a implantar, controlar y reparar chips. Tenía todo su contenido al alcance.

***

¿Otro caso? ¿Es necesario?... Tal vez este les interese más que el anterior.

Mi asistente ya había programado la proyección más apropiada para él, una selección de los cuatro programas de entretenimiento más exitosos del momento. Recuerdo que sonrió complacido al ver las enormes pantallas que suplirían su desconexión momentánea. También que me costaba pensar con tanta gente hablando a la vez; puse música clásica para mí en cuanto pude. Recibí una notificación recordándome los datos básicos del paciente. Sexo, edad, profesión, sueldo, etnia, religión, sexualidad, inclinaciones políticas, situación económica, estatus de sus deudas, familia, nivel de productividad. Antecedentes. El BrainOn le había dejado de funcionar debido al error Fr002, lo que me indicaba que la persona en cuestión estaba realizando muchas búsquedas sospechosas. Yo no podía, en teoría, llegar a saber qué búsquedas eran porque no entraba dentro de mis obligaciones. Mi trabajo consistía en hacer una copia del *software* y enviarla al Departamento de Control de Búsquedas de Asalus, que a su vez tenía un contrato con Viarum, la empresa a la que se le había subcontratado el gobierno de la República Productiva. Sí, así es... ahora es una empresa la que gobierna el país.

Le pregunté si se sentía bien. Era un hombre de mediana edad, con barriga algo pronunciada y barba sin arreglar. Sí, sí. Solo usó dos monosílabos. Estaba nervioso, aunque intentase ocultarlo. Se le veía el cansancio en los ojos, se notaba que tenía la cabeza en otra parte. Me sorprendió. La mayoría de las personas se perdían en las pantallas, pero no en sus pensamientos. Revisé de nuevo su historial. Era la segunda vez que le cambiaba el BrainOn por el mismo error. Quería ayudarlo, pero necesitaba que me dijera lo que le pasaba. Porque debía de haber algún motivo para que siguiera perdiendo el tiempo con esas búsquedas.

Háblame, dime qué puedo hacer por ti, para eso estoy aquí, le dije. El hombre seguía con la mirada perdida, yo dudaba de que me prestara atención. Revisé de nuevo el informe. Su nivel de productividad era muy bajo para su edad. Estaba al borde de quedarse sin futuro.

Te voy a recetar unos calmantes, seguro que te esfuerzas mucho en el trabajo, es importante que descanses. Todo eso le dije. Me dio las gracias sin mucho ánimo. Me despedí de él con la misma cordialidad con la que lo había recibido. Insistí una vez más. ¿Te sientes bien? Cuéntame qué te pasa, quiero ayudarte.

Y me dijo que necesitaba un nuevo trabajo, nuevas amistades. Que no había nada que pudiera hacer por él. Entonces me quedé pensando en su nombre. Ryk. Me resonaba. ¿Lo conocía de otro lugar que no fuese la consulta? Se lo hice saber, que me resultaba familiar. Me dijo que teníamos una amiga en común. Xía. ¡Claro! Xía. Era *ese* Ryk.

**

Confié en que Kleo me arreglaría el chip. Es la mejor. Salí de la unidad de atención primaria de cibermedicina. Me llevé las manos a la cabeza. Sí que me dolía. Comencé a caminar por la calle. No estaba nublado. Azul y una preciosa bola amarilla. Sonreí, no era tan frecuente que vieses el paisaje, la gran diferencia entre el móvil y la cibermemoria era justamente esa, con el chip estabas siempre recibiendo estímulos de la red, aun cuando paseabas. Uno de tus contactos compartía un enlace; otro, una foto; te llegaban mensajes del trabajo, el calendario te recordaba lo que no te había dado tiempo de hacer, alguna lectura o vídeo sobre productividad te hacía sentir una vaga. Cada *ping*, cada pensamiento que generaba, te iba sacando del momento y te llevaba a preocuparte por lo que fue y lo que será. Me parecía que podía respirar mejor sin el chip, que sentía más el aire, el entorno. Era una sensación especial. La recordaba de antes, de mi infancia y adolescencia. Cuando era pequeña, mi padre me obligaba a pasar un par de horas al día sin el móvil, obligaba a toda la familia, había comprado una de esas cajas con seguro electrónico, ponías el número de minutos, cerrabas la tapa, y los móviles desaparecían del alcance. ¿Y si había una emergencia?, decía yo de niña para que me dejasen seguir jugando con el móvil. Imagínate que estás en el cine, que tienes el móvil apagado un par de horas, contestaba mi madre, pero yo no entendía la analogía. Cuando iba al cine, no apagaba el móvil, ni yo ni nadie de mi generación, veías la película mientras le dabas al corazón, al pulgar, mientras hacías doble clic, todo para mostrar que existías, para interactuar. ¿Hay algo más humano?

Árboles. Me fijaba en la forma de la arquitectura contemporánea: edificios cuadrados sin la gracia de las construcciones antiguas. Sin acceso a internet, los edificios eran solo cubos de colores, distribuidos y construidos a medida para aprovechar el espacio. La belleza estaba siempre detrás de una buena velocidad de conexión. Estaban los extremistas diciendo que si se creaba un mundo solo para internet, nos íbamos a quedar sin nada si faltaba la electricidad, pero ¿cómo podría pasar algo así? El cambio climático, alguna guerra, podría ocurrir, insistían, aunque no fuesen muchas las personas que se detuviesen a escucharlos. Los medios habían enseñado la respuesta perfecta, si no te gusta, vete. Hay un montón de países poco productivos ahí fuera. Cruza la frontera. Nadie te obliga a estar aquí.

El dolor de cabeza, la luz cegándome los ojos, los olores a perfume, a pintura. Me quería recostar un rato, descansar. Vi un banco, me senté. Cerré los ojos, vi luces que dibujaban corazones y pulgares, cifras muy altas y comentarios. Al abrir los ojos, se deshacían en el aire. Me giré hacia un lado, hacia el otro, lo veía todo borroso. Me dolía la cabeza, cómo me dolía. Los pensamientos volvían a tornarse oscuros, vacíos como el sentido de la vida. No me puedo conectar. No existo.

Comencé a llorar. No tenía carrera. No tenía conexión. No tenía casi seguidores. No era nadie.

Nadie. Existir se podía medir, había dejado de ser subjetivo. Antes podías vivir en un recuerdo medio olvidado, mal reconstruido, ahora podías buscar el momento en el archivo de tu cibermemoria y revivirla. Cada instante era guardado para la posteridad. Nada era ya subjetivo.

Me obligué a respirar. Me acordé de mi padre, de los ratos diarios sin móviles, y de las horas que parecían minutos, esas que desaparecían cuando cogías el móvil para responder a un mensaje y acababas revisando dos o tres redes, saltando de vídeo en vídeo, de comentario en comentario, se te enfriaba la comida, se te olvidaba la ropa en la lavadora, no seguías la conversación que habías interrumpido un instante. Desaparecías con tu atención a través de la pantalla. Eso era lo que preocupaba a los que se oponían a la implantación del chip. ¿Cómo lo vamos a hacer si no podemos apagarlo? Si no podemos obligarnos a no llevarlo al dormitorio para tener algún tipo de intimidad, ya no solo con nuestra pareja, sino con nuestros pensamientos. ¿Para qué quieres apagarlo? Con solo parpadear lo puedes poner en modo descanso, argumentaban los defensores de la implantación. Qué irónico, ese modo lo único que hacía era crearte ansiedad, ya que los avisos te llegaban silenciados, difusos. La teoría era que, sin distraerte, te asegurarías de no perderte nada importante, pero cualquiera sabe lo que un susurro llama la atención.

Ya llevábamos tiempo practicando la capacidad de hacer dos cosas a la vez, ver el móvil y vivir. ¿Cuál era la diferencia? Ninguna, seguiríamos mejorando, cada vez sería más común vivir a medias. ¿Qué tenía eso de malo? Es una alternativa. Vivir siempre ha sido subjetivo.

Cuando tenías el chip instalado estabas permanentemente conectada a internet. Podías superponer filtros a la realidad, darles forma a los cubos, creando maravillas. El mundo estaba lleno de piezas de construcción con las que tú hacías rascacielos, dunas de arena o nieve, casas, adosados, mansiones. Todo estaba en el clic, en tu elección.

Antes, al salir del trabajo, mientras me dirigía al piso, hacía el pedido de lo que me esperaría en casa al llegar. Quiero dos batidos energéticos, un *muffin* de chocolate, dos raciones de paella. A Melina le encantaba la paella. Los cubos se cubrían de colores, de la música que yo elegía, el olor a chocolate, el cantar del arroz en la paellera. En esos momentos, sonreía de pura satisfacción. La vida era perfecta. Hasta que comenzaba la distracción. ¿Es que no se puede fantasear en paz? La cena de ensueño palidecía en comparación; el romanticismo de sorprender a Melina con la comida se desmoronaba en comparación; la ventaja de poder crear tu propia realidad desaparecía en comparación. En comparación a todas las cenas que inundaban las redes, a todas las ideas románticas de tus amigas y amigos, a las formas mucho más inteligentes de crear una realidad de cualquier cuenta que siguieras en ShareMood.

Déjala que juegue a lo que le gusta,
déjala que pierda el tiempo, está en la edad,
déjala que no le guste esa música,
no le digas que se ponga otra ropa,
o la obligues a hablar de lo que no le interesa.
Escúchala.

A lo mejor descubres que es muy graciosa,
que no quiere que le regalemos un móvil nuevo,
quiere crecer, viajar.
Déjala ser libre.
No la compares con los demás.

Xía cogió el vaso con agua que reposaba delante de sus manos nerviosas. Se la veía agotada y no era la única. Llevábamos horas de interrogatorios. A Zulia el cansancio se le comenzaba a notar. Yo hacía rato que luchaba por mantener la concentración y por que no se me pasase nada. Mis apuntes eran la parte más importante de mi trabajo.

—Seguiremos mañana —sugirió Zulia, y me echó una mirada significativa—. Esta historia es larga y no quiero que se escape nada.

Salimos. Tenía muchas cosas que decir sobre lo que acabábamos de escuchar, pero entonces Zulia me dijo:

—Comienza con el informe de los interrogatorios que hemos realizado. Mañana tendremos que volver a hablar con Xía. Ah, y despeja tus próximos tres días, quiero que nos centremos en esto. En unir cabos y ver si tiene sentido esta historia. Nuestro informe final facilitará, o no, que les concedan el asilo, y eso no es ninguna tontería.

Lo sé, claro que lo sé. ¿Piensas que no lo sé?, pensé, pero no se lo dije.

Fui a por café y me puse a trabajar. No podía ya ni pensar del agotamiento, pero quería finalizar los informes antes de irme a casa.

Transcurridos unos minutos, Zulia se acercó a mi escritorio. Mantuve la mirada en la pantalla, pero sentía su presencia.

—Seguimos mañana, novata. Vete a descansar, te hace falta.

—Quiero acabar una cosa y me iré.

Zulia se mantuvo de pie a mi lado hasta que la miré. Me sonrió, dijo que había sido un día productivo, que podía irme a casa a estar con mi pareja o mascota. Cogió su mochila y se fue dejándome sola en la comisaría, ya entrada la noche.

Era fácil darse cuenta de que yo era una inexperta, no me conocía a mí misma. No me daba cuenta de lo poco productivo que era trabajar cuando ya se me habían terminado las fuerzas. Me di permiso para ir a casa cuando se me acabó el café, y cuando ya no tenía nada que picar en el segundo cajón del escritorio donde guardaba un par de bolsas de patatas para esos días largos. Es curioso cómo ciertas cosas se aprenden antes que las más básicas. No, no soy tan lista como creo.

A esas horas de la noche, las calles parecían de otro lugar, uno más ordenado, más pacífico, mejor. Reflexioné sobre Xía y Kleo, sobre lo que habían dicho. Vale más ser *influencer* que tener una cátedra universitaria. Yo nunca he sido intelectual, no tenía que preocuparme por el valor del conocimiento, pero aquellas palabras me habían impresionado. ¿O tal vez era que me habían asustado? ¿Me asustó la injusticia de que la carrera que se forjó Xía no le sirviese para nada?

La noche había dejado el metro vacío. Entré adueñándome del vagón. Yo tampoco servía para *influencer*, pero tenía una amiga que se dedicaba a eso, a contar su vida en ShareMood. Le iba bien, ganaba más que yo trabajando menos, consumiendo más.

—Ya estoy hablando como ella —murmuré. Al final sí que íbamos a tener algo en común Xía y yo, aparte de ShareMood. Las dos llevábamos una vida profesional tradicional en un mundo que cada vez la valoraba menos.

De tanto pensar en tu trabajo, se te olvida todo lo demás que hay en la vida; me lo recordó una de mis pocas amigas con un mensaje: ¿Nos vamos a tomar una copa? La tentadora pregunta flotaba en la pantalla de mi móvil. Me lo planteé, pero era demasiado tarde, mañana quería estar en la comisaría a primera hora. El día siguiente estaría lleno de información. Otra vez me encontraría escuchando testimonios con un toque de ciencia ficción procedentes del país vecino. Vecinos. Una pared puede encerrar una diferencia abismal. Lo mismo que una frontera. Diferencias que no salen en la prensa ni se leen en los rostros de las personas que te encuentras en el ascensor o al otro lado del jardín. Siempre está lo que se ve y luego todo lo demás.

Tras ese primer día de interrogatorios, me quedé agotada, pero me emocionaba pensar que, al día siguiente, seguiríamos trabajando por entender cómo era vivir en la República Productiva. No me atrevía a suponer qué harían nuestros colegas con los informes detallados que les entregaríamos al final de los interrogatorios. Ser minuciosa era mi objetivo. Aspiraba a hacer los informes más completos y fáciles de navegar que hubiese visto el Departamento de Inmigración. Claro que la versión final estaría a cargo de Zulia. Mis sentimientos hacia su profesionalidad eran un péndulo. No conseguía equilibrarlos.

Por un lado, Zulia tenía ese algo que no te permitía ignorarla, no te podía ser indiferente. Era unos años mayor que yo. Un modelo a seguir a nivel profesional, pero ¿qué quedaba de ella en el aspecto privado? ¿Tendría pareja? No había nombrado a nadie, no estaba pendiente del móvil, contestando mensajes. Ella siempre iba a lo que iba.

—Novata, quiero que te tomes esto en serio. Es un caso importante. Para ti significa experiencia, para mí un ascenso, para esas personas un cambio de vida.

En la comisaría se comentaba que no era la primera vez que le prometían cosas a Zulia que se quedaban en nada. Nuestros colegas me decían que ella tenía derecho a estar frustrada, pero que no perdía la dedicación por su trabajo, aunque no la acompañase con una sonrisa.

Yo no sabía si estaba de acuerdo, claro que a lo mejor era solo que me sacaba de quicio. Sabía que tenía que agradecerle que me dejase ser parte del caso, que también era beneficioso para mi carrera, por lo menos para que me quitasen la etiqueta de novata. Cuando me dijo que podía asistir a los interrogatorios, sentí que me estaba haciendo un regalo, aunque todavía no entendiese por qué aquel caso era importante. Me imaginaba que o bien Xía, Kleo o Ryk eran gente de poder o bien que alguna de las personas que nombraban lo era. De ahí que me esforzase tanto en apuntarlo todo, Zulia no me decía lo que quería, pero era obvio que algo buscaba en pedirles tantos detalles sobre sus vidas en la República Productiva.

En casa, me fui directo a la ducha. El agua tenía poderes revitalizadores, al menos para mí. Me pesaban muchas cosas. Tener enfrente a tres personas como tú, contándote sobre las limitaciones, el control mental, la falta de libertad individual, te ponía la piel de gallina. Dejé que el agua se lo llevase todo, que me dejase tranquila, a salvo. Aunque solo fuese por unos instantes, solo existía yo. El agua me recorría la piel, con los ojos cerrados, sentía que eran caricias de Zulia sobre mis brazos, mis muslos. Mis dedos se convirtieron en suyos, los llevé a mis labios, a mi cuello, fui bajando desde el ombligo. La sentí en toda la piel erizada. Me dio por reír mientras cogía la toalla, ¿cómo voy a mirar a Zulia a la cara mañana?

Fui a la cocina risueña, cogí el móvil y volví a pensar en los refugiados. Las expresiones de sus rostros estaban llenas de miedo. Miedo. ¿Terror al paraíso de la productividad?

¿Y nosotros qué? ¿Qué sucedía en nuestra parte del mundo? Teníamos suerte. Confiábamos en el sistema y la geografía todavía nos protegía de los peores escenarios del cambio climático, pero no éramos inmunes a la situación de los países vecinos. Yo no quería sentir en carne propia el terror que narraban ellas, pero lo estaba sintiendo. ¿Era el miedo lo que teníamos en común todos los seres con vida? ¿Era el miedo la forma que tenían para controlarnos?

Estaba hambrienta. Me preparé un par de bocadillos y abrí una bolsa de patatas fritas. Sentí la soledad más presente que nunca. Me pregunté qué estaría haciendo Zulia. No sabía nada de ella. ¿Estaría pensando ella en mí? No, claro que no. ¿Dónde vivía? ¿Estaría trabajando, leyendo, cenando acompañada? ¿Alguien la besaría? ¿Ella acariciaría a alguien? ¿Cómo se sentirían sus dedos contra la piel? ¿Y su piel?

Cuando desperté, la luz me daba en la cara. Tenía la espalda y el cuello doloridos, pero, nada más cobrar conciencia de que era de día, me dio un subidón. Quería retomar los interrogatorios.

Pasé por una tienda nueva que me quedaba de camino al trabajo. Hacían bocadillos y bollos de distintos tipos, desayuné un bocadillo enorme. Mientras me tomaba el último sorbo de café, mis pensamientos regresaron a Zulia. Me jodía dedicarle tanto espacio mental y, aun así, compré café y una napolitana para ella.

Llegué a la comisaría con una sonrisa, pero mis buenas intenciones no tuvieron bienvenida. Zulia me agradeció el bollo de boca para fuera, asombrada, pero estaba tan ensimismada que era difícil saber si lo que la sorprendía era el detalle o que le hubiese hablado. Le pregunté si estaba bien, me dijo que sí, que normal.

—¿Normal? ¿No has dormido bien? También te he traído café, no te quejarás —dije con la intención de sacarle una sonrisa. Se dio cuenta y me regaló una, forzada, como por educación.

—Llevo años sin fumar. Llevaba —confesó—. Pero como no pude pegar ojo en toda la noche, fui a por tabaco y me fumé una cajetilla entera. Voy a estar todo el puto día con síndrome de abstinencia. Con todo lo que me costó dejar de fumar, engordé unos kilos, pero ya no dependía del tabaco. Este trabajo me está saliendo caro. Gracias, novata, por el café, la napolitana, por ser tan joven y naíf. —Se levantó—. Si me sigues tratando así, me voy a acostumbrar a que pienses en mí, novata. Venga, vamos a hablar con Xía, a ver qué nos cuenta esta mañana.

—Cuídate, Zulia —se me escapó la preocupación y la mano con la que le sujeté suavemente el antebrazo. Aquella fue la primera vez que al mirarla a los ojos sentí que ella también sabía que ya la deseaba.

¿Mi relación con Melina? Bien, bueno, normal. No, no es cierto. Nuestra relación tenía cada vez menos sentido. Mientras cenábamos, era frecuente que a Melina le llegasen mensajes del trabajo, tenía tanto que hacer. Todos esos mensajes, cada uno de ellos, eran tan importantes. Mientras tanto, yo me refugiaba en ShareMood, en las fotos, en los vídeos de las vacaciones románticas de mis amigas. No habíamos llegado al postre y ya Melina tenía que hacer una videollamada. La paella se quedó fría en su plato, y yo seguía en ShareMood, mirando imágenes de la felicidad que no tenía, la envidia no me dejaba comentar, ni darle al corazón. A escondidas, me colaba en las fantasías de otras personas. Mi chip me recordaba lo viejo que era, me suplicaba que lo sustituyese. La eutanasia no se llegó a conseguir para las personas, pero los iMind y los BrainOn sí pueden decidir cuándo les ha llegado la hora de decir adiós. Ryk diría que, para muchos seres humanos, la persona más importante de su vida es su cibermemoria. ¿Ves como tiene sentido?

Tenía celos, cuando me aburría, iba al perfil de ShareMood de Melina. Los vídeos en los que se la veía trabajar, las fotos de su oficina, sus compañeras y compañeros de trabajo, esas personas con las que compartía su rutina. En esos días me atormentaba no saber quién era esa chica de la que hablaba Melina, esa que le parecía tan guapa. Antes era otra cosa, cuando las dos éramos jóvenes, felices y exitosas, cuando podíamos decirnos la verdad sin crear ampollas, se me había llenado el alma de ellas con la edad.

Recuerdo una de las pocas veces que nos fuimos de vacaciones a un país poco productivo. Teníamos cada una su brazalete de turista VIP, el todo incluido abarcaba cualquier cosa que necesitases de tu país productivo para poder sentirte superior a los locales, poder convencerte de que lo tienes mejor que toda esa gente, que no hay de qué quejarse. Ahí estábamos Melina y yo, caminando cogidas de la mano, cuando Melina me preguntó si había alguien en el trabajo que me pareciese atractiva. No, contesté rotundamente, quería que mi negación resonase como una bomba, pero a continuación hice eso de lo que acabaría arrepintiéndome, ¿y a ti? Melina comenzó la oración de la peor manera posible, me dijo que no me pusiese celosa. Me contó que la chica era nueva en la oficina, que por eso habían comenzado a hablar, que hicieron buenas migas enseguida, que era muy guapa. La bomba me había caído a mí encima. Empecé a pensar lo peor. Cuando algo me preocupa, me siento intranquila, inquieta, me pongo a hablar dando órdenes, creando soluciones con palabras que nunca me creería en otra realidad. La comencé a perder allí, así. Me rendí. No había manera de ganar, ¿qué le podía ofrecer a Melina? Yo ya no era la persona exitosa con la que se había casado. Ya no era su igual.

Aquí, en mi cabeza, entre mi pelo, estaba la cibermemoria. Se siente raro cuando pienso en mi cráneo como si fuese un dedo despojado de la alianza, no sabiendo bien si es libre o si lo han abandonado.

He pensado mucho en mi infancia sin chip últimamente, desde aquel paseo, para ser exacta. Mis padres fueron de la generación de los teléfonos inteligentes, pero yo pasé casi directamente de las tabletas de mi niñez a la cibermemoria de la edad adulta. El mundo ha cambiado tanto. Somos tan productivos ahora que la tecnología avanza a pasos agigantados. Al principio de la transformación pensaba que era obvio que el sistema de gobierno también tuviese que evolucionar, con el sistema antiguo todo el desarrollo conseguido en los últimos años nunca hubiese sido posible. Ese tenía que haber sido el motivo principal para hacerme cambiar de trabajo. Una buena empresa promocionaba algún pilar del país y si trabajabas, mostrando así productividad, te otorgaban acciones. Las acciones son los derechos a voto para las decisiones, es la forma de influir en el gobierno. Ese debería ser el motivo más importante para tener un buen trabajo, en teoría, pero a la hora de la verdad, no es tan importante tener tanta voz como los demás. Lo que importa es la calidad de vida, la comodidad. ¿Por qué? Pues si hay personas más inteligentes que tú, lo normal es que tengan más acciones y que sus opiniones pesen más. Eso es lo más racional. No como en la democracia donde todos votan por igual sin importar el nivel de educación o experiencia profesional. Eso es una locura.

Recuerdo las cenas en familia, los móviles se dejaban lejos de la mesa, era una orden de mi padre. Nos mirábamos a los ojos, hablábamos, nos reíamos. ¿Te imaginas? Echo de menos los besos al aire, el olor a comida. Es bonito añorar el hogar, ese cobijo, esa protección. No tienes problemas porque los que tienes no son tuyos, sino de tu familia, de esa gente que te cuida. Debería haber ido a visitar a mis padres antes de huir, a despedirme de ellos. Ni siquiera sé si están bien. Joder. Estuve a punto de ir a verlos, pero la mano comenzó a fallarme, otra vez. La mano derecha me empezó a temblar unos días o unas semanas antes, no sé, el tiempo pasa tan rápido. Me ocurría cuando me daban ataques de ansiedad. Sí, también tomaba una pastilla para eso. Había quien decía que era la cibermemoria, que reaccionaba con el funcionamiento del sistema nervioso, pero no estaba probado. A lo mejor eran las pastillas que mezclaba entre los dolores de cabeza, la ansiedad y mis pocas ganas de ir a trabajar. Mis padres nunca necesitaron pastillas ni chips para ser felices. En el fondo creo que por eso estoy aquí, que por eso crucé la frontera, en busca de una vida más simple que me permitiese ser feliz. Aunque me he preguntado muchas veces si realmente fueron felices, mis padres, quiero decir. ¿Se puede ser feliz experimentando solo una parte de todo lo que puedes vivir con la realidad virtual? Hace años que dejé de ir a visitarlos con frecuencia, me avergonzaba de ellos. Su productividad no hizo más que bajar año tras año desde el cambio de sistema, por eso residen en los arrabales, los restos de la ciudad que la gente consumidora y productiva no usa. Mis padres viven rodeados de personas que ya no producen por su edad, y que no habían producido lo suficiente de jóvenes para permitirse vivir al otro lado de la ciudad.

Aquel día sin cibermemoria, aquel paseo, me dio mucho en qué pensar. Recuerdo que vi pasar a un chico comiéndose un helado, qué rico, me dije. No tenía dinero. Las transacciones se hacían en línea y yo no tenía conexión sin mi chip. No estaba lejos de casa, pero comenzaba a sentirme desprotegida sin internet. Entonces me di cuenta de que estaba indocumentada, aunque eso no tuviese sentido, Viarum tenía mis huellas dactilares, oculares, y quién sabe qué más, pero, sin internet, no podía probar quién era activamente. Una mezcla de pánico y furor se adueñó de mí, estaba siendo rebelde, una antisistema de un sistema que no sabía que existía. Hasta ese momento. Desde que salió el BrainOn al mercado, bueno, no, desde que te lo instalaban en la cabeza, no podías estar sin él. No podías desconectarte. Quieras o no. Despierta o dormida. No podías ignorar los *e-mails*, los mensajes de voz, los comentarios. No podías evitar indicar que habías entrado en un establecimiento, ponerle 1-5 estrellas, comentar si te había gustado el café. No podías estar a solas con tus pensamientos sin que alguna distracción te permitiese ignorarte a ti misma y centrarte en el mundo exterior con sus innumerables estímulos. Era agotador. No había silencio, aunque estuvieses sola en tu casa, en la bañera. Al principio, los ojos eran los que te avisaban de que las cosas no estaban bien, que estabas dejándote la salud física y mental. Era común que los sintieses secos, cansados, pesados. Era de esperar con las lentillas que requería la cibermemoria para enviarnos imágenes. Era el único dispositivo complementario que necesitabas, todo lo demás lo hacía él solo, pero había todo tipo de artilugios para disfrutar de tu chip de mil maneras.

Luego comenzaban los dolores de cabeza, y después venían los temblores. Era como si poco a poco fueses perdiendo el control sobre tu cuerpo, como si lo fueses abandonando. O él a ti porque se hubiese cansado de que lo ignorases.

Durante aquel paseo, nadie sabía dónde estaba, qué estaba haciendo. No podía justificar a qué dedicaba mi tiempo, es decir, no tenía que rendirle cuentas a nadie. Estaba paseando sin comunicar, y eso me permitía pensar, sentir. Mi trabajo. Educación. Investigación. Había sido una profesora universitaria cuando eso aún tenía valor. ¿Cómo era posible que hubiese llegado el momento en que no pudiese producir? Claro que tenía que haber alguna manera para producir con mis conocimientos, pensé. Fue increíble sentir esa claridad, poder alejarme del pánico, entender la situación. Razonar, encontrar alternativas, soluciones. Era preocupante sentir una liberación tan grande tras solo minutos sin el chip. Era tan obvio que no era bueno tenerlo instalado. Aun así, instintivamente volvía a parpadear con la intensidad justa para tener el panel de mensajes ante mis ojos, pero no tenía la cibermemoria. No llegué a pasar ni una hora sin ella y ya estaba con síndrome de abstinencia, parpadeando mientras entendía que tenía una adicción, que no era bueno, que no me dejaba pensar. Quería la libertad de mis pensamientos, pero no quería estar desconectada. Qué difícil es entender que no se pueden tener las dos cosas.

A Ryk estuvieron a punto de echarlo de la república por poco productivo. Me lo dijo entre lágrimas, me había citado en un centro comercial, lo cual me sorprendió, no era uno de los lugares donde solíamos quedar. Me cogió de la mano y me fue mostrando las vitrinas, los colores, las marcas, los miles de productos. Se le veía aterrado. Yo no estaba segura de entender por qué estaba tan preocupado, no era una persona que consumiese demasiado, ese era uno de sus problemas. No podía ser que fuesen los centros comerciales lo que iba a echar más de menos. Yo quería animarlo, claro, pero me preocupaba que alguien me escuchase hablando mal del capitalismo en su templo. Le pregunté si iba a echar en falta toda la inmensidad de productos y servicios que teníamos al alcance. No creas que allí no tienen estas cosas, dijo. Es capitalismo, casi igual que aquí, menos institucional, pero es capitalismo. No me va a faltar de nada, seguía hablando para tranquilizarme a mí y a sí mismo. Claro que no, le contesté, pero eso no fue lo que pensé. Me daba lástima. Por supuesto que le tenía que decir que no era tan malo, pero allí, es decir, aquí, los coches no se conducen solos ni las enfermedades más raras se curan con pastillas. Allí, aquí, jo, qué difícil es estar a este lado, las casas no se limpian solas. Me daba pena, el pobre. Toda su familia se quedaba allí, él se iba solo porque no servía para nada. Ni para producir ni para consumir. Ya veis, acabé pidiéndole que me dejase acompañarlo, que me incorporase a su plan. Y mientras estoy aquí, hablando con vosotras, recuerdo todas las cosas que he escuchado sobre los países poco productivos, y tengo miedo. ¿Merece la pena la libertad, esta libertad? Me traje a Kleo, si esto sale mal, la perjudico también a ella. ¿Por qué tuvo que complicarse todo tanto? Ya no sé nada. Es la bendita elección entre principios y comodidad. Entre libertad y comodidad. Me quiero quedar, ¿vale? Os lo aseguro. Es solo miedo. Ya sabéis, el miedo es mal consejero.

¿Y si te desprogramo?
Te quito internet un par de horas,
te suelto en una playa lejos de la ciudad,
te borro las preocupaciones del trabajo,
esas que no te dejan dormir.

¿Cuál es tu trauma?
Imagina que no comparas cuánto ganas al mes
ni dónde vives con gente que no te importa.
Imagina que valoras la salud y el amor
y las comodidades de las que disfrutas.
Imagina que te das cuenta de que un país
no es mejor que otro

ni una persona, tampoco.
Imagina que aceptas que somos lo que
hacemos con nuestro tiempo.
Cada día.
Imagina que aprecias todo lo que tienes
y luchas por eso que deseas.
Que luchas con optimismo.
Y con un plan.
Y con las acciones del día a día.

Imagina que te sinceras con tu reflejo
antes de ir a votar.
Escoges partido, sin pensar en complejos.
Sin creer en propaganda.
Votas sin traumas.
Con pensamiento crítico. Y optimismo.

¿Te empiezo a desprogramar ya?

Melina accedió a la entrevista de trabajo con Radisapiens. El primer contacto fue con Recursos Humanos. A Melina le sorprendía que quisiesen hablar sobre datos que tenían en las pantallas, ¿para qué querían que describiese el valor de mi trabajo si tenían los números en blanco y negro?, se preguntaba Melina, quien resumió su carrera como una constante superación de desafíos, no a la primera, aclaró, pero no soporto una vida plana, quiero subidas y bajadas, cambios, quiero tener que usar toda mi inteligencia en lo que hago. La directora de Recursos Humanos describió las ambiciones de Radisapiens como abrumadoras.

—Queremos a las personas más inteligentes de la República. —La directora hizo una pausa antes de continuar—. Por cierto, ¿cuáles son tus pronombres?

Melina la miró unos instantes y tardó en reaccionar.

—En Radisapiens no penalizamos la diversidad —añadió.

De momento..., pensó Melina, y comenzó a reparar en el elevado número de mujeres que trabajaban en Radisapiens. Mujeres y personas que no encajarían en el sistema binario de Viarum.

—Femeninos... *ella* —dijo al fin.

La entrevista siguió, Melina se puso nerviosa como nunca antes, la psicóloga la interrumpió para ofrecerle una evaluación psicológica antes de la siguiente entrevista.

—Vamos a dejarlo aquí por hoy —sugirió la directora—, vamos a la cafetería para que aprendas un poco más sobre la cultura de nuestra empresa.

Melina se disculpó para ir al baño justo antes de entrar a la cafetería. No sabía si ponerse la coraza y llevarle la corriente a Radisapiens o si ser ella misma, ¿podría esta empresa ser un sueño hecho realidad? Salió del baño con los mismos nervios con los que había entrado y sin decidir estrategia. Se sentaron en una mesa junto al ventanal con vistas a la línea costera que era símbolo de la República Productiva.

Melina comenzó a hacer preguntas, desde cuándo existe Radisapiens, quiénes invierten en la empresa... La directora comercial se estaba acercando a la mesa, y tomó la palabra antes de que Melina notase su presencia.

—Disponemos de la mejor tecnología del mercado, pero, además, tenemos algo más poderoso, el conocimiento de cómo mantener a nuestro equipo motivado, creativo e innovador, y esa parte incluye componentes muy básicos del ser humano como la libertad y la felicidad. A diferencia de Viarum, creemos en la diversidad y el respeto, queremos que cada quien sea como quiera ser. ¿Entiendes la diferencia, Melina? Si trabajas en Viarum, solo estás ahí porque te tienen controlada o porque te gusta controlar. En Radisapiens, la gente se queda en nuestro equipo porque quiere, no hay cultura de control ni poder. Es una utopía, me dirás, pero, ya ves, existimos. Solo hay algo que nos puede vencer, que haya tanto miedo en gente con tu inteligencia y que por eso te quedes en Viarum y le des tu trabajo e ideas a ellos y no a nosotras.

Melina se fue a casa radiante, si aquello no era una broma de mal gusto, la República Productiva podría ser incluso una república inclusiva. Iba fantaseando mientras se trasladaba, y mientras que la ausencia de Xía chocaba contra sus ilusiones: ¿importaba ya que la República no fuese un antro si ella no estaba?

Xía me compadecía. Se creía superior. ¡Superior! No estoy loco, no. Aunque lo penséis. ¿Lo pensáis...? Eso decís ahora. ¿Pero qué es el ahora? Una mentira, sí. Xía lo comprendió... ¡Dejadme hablar y lo comprenderéis! Joder... Es que ella no se imaginaba que unos meses después se sentiría como yo. Escogió, porque esto lo escogió, ¿sabéis? Escogió acompañarme en ese plan de huir del paraíso capitalista a uno de sus detestables vecinos. Os pintan muy feo en la República Productiva. Sois la peste, una plaga. Lo hacéis todo mal, todo es complicado fuera de la república, todo es sucio. Impuro. No tenéis nada bueno, ni siquiera regular. Ahí fue donde comencé a entender que era propaganda. Una propaganda de mierda. ¡Tenéis que comprender! ¡Comprended...! Vale, vale, no te volveré a tocar. Pero es que tenéis que comprender. Es difícil pensar de manera crítica cuando ese concepto se ha perdido y la información es sinónimo de manipulación. Pensar en blanco y negro es lo que hay. Ya nadie sabe lo que significa la empatía. Pero tienes comodidades. O eso es lo que crees. Xía me dijo que nos habían quitado el amor del vocabulario. Tiene razón. Los opresores ganaron la partida. Joder. Cómo duele. ¿Por qué no pudimos crear una sociedad mejor? ¿Por qué dejamos ganar a quienes nos odiaban?

Me habláis de aquel día. ¿Qué hice después de despedirme de Xía? Lo que hacíamos todos: marqué mi salida del local en ShareMood. ¿A dónde vas ahora?, apareció ante mis ojos. Es lo de siempre. Estás obligado a contestar. Pensé en la iglesia y pues nada, no tuve más remedio que dirigirme a una iglesia. Me subí a mi monopatín, no necesitaba buscar la dirección en el mapa, conocía aquella ciudad como si hubiese nacido en ella.

Hice todo lo posible por mantener la mente en blanco. Busqué vídeos de algún programa de talentos y los reproduje mientras intentaba no prestar atención... ¿No entendéis la razón? Sois detectives. ¿No se os da bien deducir? ¡No quería que la cibermemoria registrara ciertos pensamientos! Y la única forma de no pensar era ver y escuchar contenido vacío de sentido, entretenimiento barato, eso era lo más seguro. Uno se acostumbra a todo, incluso a no tener derecho a pensar en privado.

No me pongáis esas caras. ¿Suena increíble para vosotras? Pero, aunque sea en menor medida, debéis de experimentarlo aquí también con las redes sociales, ¿no?

Consumir. Ese es nuestro deber en la República Productiva. Consumir. No, no me refiero solo a entretenimiento. Consumir lo que sea, lo que tengáis de paso. Yo escogí un café y un pastel minúsculo de chocolate en una cafetería cara. Era un complemento perfecto para mi historia de redención. No tuve que desviarme mucho. Entré, pedí, pagué, dejé propina. ¿No era la jugada perfecta? Me sentía orgulloso de mi sangre fría. Además, la satisfacción alejaba de mi mente los pensamientos que pudiesen perjudicarme. Ya no tenía que luchar por contener la respiración ni dejar la mente en blanco.

Dentro de la iglesia comencé a buscar vídeos sobre el perdón, sobre la conexión del puritanismo y el éxito neoliberal. Veía los vídeos, miraba las paredes del recinto con frases publicitarias en tipo de letra Viner Hand o alguna por el estilo. Las compañías grandes tienen una virtud neoliberal en su logo y eslogan. Los fieles van para aparentar, igual que yo. ¿Creéis que queda algo de fe en la República Productiva? Nada de eso, no hay espacio mental para la fe. La fe que no se comercializa no es productiva para el sistema. Me aseguré de hacer un *check in* en mi perfil de ShareMood para que apareciese en cada una de las redes sociales que tenía. Funcionó. Comencé a recibir me gusta, pulgares arriba, corazones, comentarios, abrazos y besos en 3D. Yo les agradecía y les contestaba con palabras como esperanza, segundas oportunidades, redención, volver a empezar. Dinero, trabajo, productividad, consumo. Un milagro neoliberal. Antes de salir del templo, publiqué una entrada con efecto.

No quiero dejar este país productivo y eficiente. No he dado lo mejor de mí hasta ahora. No soy ningún niño, crecí con ideas socialistas, pero he cambiado. Quiero producir y consumir. Quiero ser un miembro digno de este maravilloso país.

Al salir de la iglesia, estaba preocupado y algo confundido. ¿Qué era mejor, vivir una mentira o en un país poco productivo? ¿Vosotras tampoco lo sabéis? ¿Es mi orgullo el que me ha traído hasta aquí? A lo mejor sí. Es mi orgullo y mi memoria selectiva que me hacen creer que la sociedad en la que vosotras vivís es mejor que una donde tu vida la define cuánto puedes llegar a consumir y cómo de productivo puedes llegar a ser. Pero nunca, nunca, eres lo suficiente.

¿Qué creéis? ¿La eficacia se consigue cuando las personas con acciones toman decisiones? ¿Cómo pensaría yo si tuviese un buen trabajo? Mirad a Xía. Tuvo puestos importantes, aunque nunca fuesen de esos con los que te haces rico. Influencia sí que tuvo, un poco, en algún momento, pero si cambian las reglas del juego, estás perdido. Y siempre cambian. ¿Sabéis qué es lo gracioso? Que cuando cambian te hacen creer que la culpa es tuya. Vienen los argumentos de que hay que formarse más, mantenerse al día con los conocimientos necesarios para seguir siendo productivo. No solo debes hacer todo lo posible, sino desearlo... Desear ser el número uno. Luchar por pisotear a los demás y escalar. Pero ¿cómo vamos a ser todos el número uno?

Si todo el mundo se pone de acuerdo en una mentira, se transforma en verdad. Lo hemos visto a lo largo de la historia y nuestro legado será hacer del narcisismo la norma. ¿Durante cuánto tiempo seguiremos fingiendo que nos importan los que nos rodean? ¿Cuándo el narcisismo se convertirá en la opción políticamente correcta?

Un día hablé con mi sobrina, una niña pequeña. Estaba mirando por la ventana con cara de preocupación. Es terrible ver a una persona de esa edad con una expresión que solo deberían tener los adultos. Me habló de su hermano, de lo mal que se llevaban él y su padre. Le resté importancia. Es la edad, le dije. Unos meses más tarde mi sobrino salió herido en un accidente. Un resbalón, una caída desde lo alto. Acudió a una psicóloga. A mi hermano le dijeron que dejase las pantallas e intentase conocer mejor a su hijo. Escúchale hablar, le dijeron, sobre lo que le preocupa, lo que le entusiasma. Sobre sus sueños, y lo que piensa que lo limita. ¿Creéis que lo hizo?

Los padres y madres de la República Productiva no solo trabajan en exceso. Les han metido en la cabeza que ya no es suficiente con tener un trabajo e ingresos medios, ahora deben tener *hobbies* y actividades extra, como sus hijas e hijos. Tienes que estar ocupado siempre. Descansar no es una opción. No es posible tomarse media hora, ¡media!, contemplando un paisaje sin hacer nada más. La gente te señala, te cree un loco. ¿Veis? ¡Debes consumir! Siempre. Generar o consumir. Nos lo han metido tan bien en la cabeza que nos autoflagelamos cuando no lo hacemos. Nos controlan.

Yo quiero tener otra relación con mis hijos o hijas, si algún día los tengo. ¿Pensáis que es una idea romántica la de querer pasar tiempo con ellos sin una pantalla de por medio? La gente piensa que tu descendencia es un gran trofeo de productividad, para sacarle provecho, no para cuidar y amar.

¿Cuándo? Supongo que no hay una fecha definida. El cambio empezó despacio, sin demasiada fuerza, las ideas llevaban tiempo en el aire. ¿Conocéis la metáfora de la gotera que rompe una piedra? Pues eso. Llegó un punto de crecimiento exponencial y ya nada volvió a ser igual... No sé. No pasó nada en concreto, no de lo que yo me diese cuenta. Pero ya veis que no soy muy listo, no para tener éxito en ese sistema... No sé. Es como si alguna mente maestra lo hubiese planificado todo. Como si hubiesen trazado un mapa con cada territorio por conquistar, cada idea, cada grupo social, cada paso a dar para adueñarse de su sentido común. Por eso creen que estoy loco. ¿Lo vais a creer también? Es que debe de haber una mente maestra detrás de todo. ¡Un plan! Lo que vivimos no pudo salir de la nada, no es casualidad. Nos robaron el sentido común. Nos lo cambiaron por el suyo y ni siquiera nos dimos cuenta.

Circulan muchas teorías. Una apunta a la inteligencia artificial...

¡De nuevo ponéis esa cara! ¿No sabéis que el *Homo sapiens* convivió con otros grupos del género *Homo* y los asesinó? Exterminamos a nuestra competencia y nos adueñamos de la Tierra. La IA hará lo mismo que nosotros. Se ha infiltrado en nuestras cabezas, su cuerpo es el nuestro. No reconocerlo es puro sentimentalismo... Me miráis como si estuviera loco. Me miráis como me miran todos. Tal vez estoy hablando de más, pero es que fueron esas conversaciones las que nos unieron a Xía y a mí. Nuestra amistad es una de esas sin sentido, ¿sabéis? No tenemos mucho en común, pero nos entendemos. Y nos tenemos cariño. Por eso le ofrecí que se viniese. Hubiese sido más fácil huir solo con Carla. Bueno, no sé, parecía más fácil al principio.

¿Me dais agua? No me siento bien. Me duele la cabeza. A veces se me acumulan los pensamientos, me mareo. Es la cibermemoria. Lo sé. Bueno, la ausencia del chip, su paso por mi mente. No, no hace falta que hagamos una pausa. Bueno, vale. Gracias.

***

—Vamos, novata. Hay que darle espacio o intentará colarnos más teorías sobre la conspiración.

Salimos y Zulia se dirigió al baño sin decirme nada más.

Ryk me había puesto nerviosa con ese tono de hablar tan beligerante. Mi emoción por los interrogatorios se había esfumado. Tenía ganas de hablar de chorradas con alguna amiga y disfrutar de mi vida tranquila y segura. Eso me regalaban Ryk, Kleo y Xía, la serenidad de llevar una vida sin problemas. Lo complicado de mi día a día no eran mis asuntos, porque en mi trabajo nunca se trataba de mí. Eran los demás quienes habían hecho lo que no debían o a quienes la sociedad les había fallado. Era difícil escuchar las historias de las víctimas, saber que nos quedaba mucho para vivir en una sociedad justa, y es que una vez que se ha cometido un delito o un crimen, ya hemos fallado. La empatía debería enseñarse en los colegios.

Un colega se acercó curioso a preguntarme qué tal iba el interrogatorio, quería saber cómo eran las personas de la república vecina.

—Están pidiendo asilo, ¿aquí?, ¿de verdad?, ¿a nosotros? De puta madre.

Me molestaba que a todo el mundo le pareciese una locura dejar la República Productiva. Ya sé que no tenemos el primer lugar en calidad de vida o en educación, pero eso no significa que no existamos. A mí no me parece tan descabellado que no todo el mundo quiera lo mismo. La productividad y los *rankings* no tienen que ser lo más importante.

Sí, estoy más tranquilo. Gracias.

¿Cómo conocí a Xía? En la universidad. Ella iba camino a una clase y yo estaba echando un vistazo a los alrededores. Había solicitado la admisión y estaba desesperado por saber si me aceptarían. Fui a la tienda de recuerdos para comprarme una sudadera. ¿Vosotras también sois de las que piensan que adquirir un símbolo por adelantado trae mala suerte? Me costó decidirme. Pedí que me la envolvieran para regalo y me prometí no abrirlo si no era para celebrar la admisión.

Fue al salir de la tienda cuando nuestros caminos se cruzaron por primera vez. Algo en ella me generó confianza y la detuve para preguntarle por la biblioteca principal, que era famosa por su colección de libros, una de las más grandes en ese momento en toda la República Productiva. Sería una de las últimas en desaparecer, pero eso no lo sabía yo entonces, claro...

Desaparecer, sí, ¿por qué os asombráis? Los libros en papel ya no existen. Los libros en papel no se pueden modificar.

Me dijo que la siguiera, que le quedaba de paso y me preguntó qué estudiaba. Le dije que nada, que estaba esperando a que me aceptaran. Se fijó en que había comprado algo en la tienda de la universidad y me sonrió. Mucha suerte, dijo. La biblioteca es una maravilla, te va a encantar. Le pregunté qué estudiaba, me dijo que Filosofía, Ciencias políticas y Literatura. Reseñaba libros para una revista literaria y tenía un pódcast sobre política. Me quedé boquiabierto. Me habló de los clubes a los que pertenecía. LGBT+, ética y retórica. Así nació la magia. Me cayó bien y dejé que me guiase.

Xía impulsó mi lado crítico. Algo que me pasaría factura en el nuevo régimen, pero mereció la pena. Fueron años maravillosos en la universidad, como estudiante y... ¿Me estoy yendo por las ramas? Vale, vale, lo siento. Ya me centro ahora.

¿La prensa? Poco a poco dejé de ser de fiar. Los datos falsos circulaban por todas partes. Dejé de corroborarlos tras la primera visita que me hizo Viarum. Aprendí mi lección, desde aquel día, intenté controlar mis pensamientos al máximo. Desde aquel día hasta que crucé la frontera.

La pareja de Xía ya trabajaba para Viarum cuando la conocí. Eso no me cuadraba. Nunca tuvo sentido que Melina trabajase allí desde un punto de vista moral. Desde el económico, tenía todo el sentido del mundo. Melina es una de esas personas que siempre quieren más, ¿sabéis?

Perdonad, me estoy desviando del tema otra vez.

Aquella primera visita que me hizo Viarum fue muy educada, nada de violencia, era un aviso de que no estaba siguiendo las reglas. ¿Sabéis lo jodido que es que te digan que no puedes pensar como piensas? Peor aún, que está mal que pienses como piensas. Que está prohibido. Es un mundo muy loco cuando ser quien eres está vetado. Aquel día cambió algo en mí. Hasta entonces tenía mis dudas, creía que, quizás, todo eran teorías de conspiración. Que se me habían metido ideas estúpidas en la cabeza por mucho ocio y poco oficio. Aquel día acababa de entrar a mi piso, estaba sacando una botella de la nevera y escuché que tocaban la puerta. A Viarum no le puedes negar la entrada ni exigir explicaciones. Viarum es dueño del país. Viarum y compañía, claro, tiene de su lado a cualquier empresa que se te pase por la cabeza. Sí, sí, cualquiera. Ya veis que, aunque solo nos separe una frontera, nuestros mundos son muy diferentes. Y pensar que todo comenzó al acompañar el nombre de una estación de metro o de un estadio con el logo de una empresa. Lo fueron patrocinando todo hasta patrocinar el país entero.

Xía se convirtió en mi ancla para no volverme loco, y Carla... Carla me dio alas para salir volando de allí.

En Xía fue en quien primero pensé cuando intenté dominar mi mente. ¿No me explico? Quería controlar lo que registraba la cibermemoria para dejar de meterme en problemas. Xía era la persona con la biblioteca más grande de libros en papel que yo conocía. Cuando lees en papel no quedan registrados en ningún servidor las horas que pasaste leyendo ni los pasajes que te saltaste, ni cuáles te despertaron ideas que acabaron siendo objeto de búsquedas, que también han sido guardadas, archivadas, para aparecer en tu contra como le pasó a mi amiga Carla.

¿Mi plan? Dejar de pensar en ciertos temas, con el chip, es la única manera de estar a salvo de la censura. Yo estaba convencido de que si seguía dando una buena impresión, podría conseguir la Segunda Oportunidad, que me la ofrecerían luego. Había antecedentes, no era una regla (aún) ni una práctica oficial ni mucho menos, pero sí una tendencia. La fracción puritana de la corriente neoliberal que reinaba en mi país quería dar segundas oportunidades. Quería enseñar a la gente a arrepentirse y a sentirse agradecida si les mostraban misericordia. Mi intención no era solo aparentar. Yo quería tener una vida nueva, más humilde, aunque fuese por miedo a volverme a encontrar al borde de perderlo todo. Me prometí que iba a trabajar más duro y exigir menos porque ya sabía lo que era no tener nada.

Cuando me ofrecieron la Segunda Oportunidad, lo primero que tuve que hacer fue buscar patrocinadores. Yo tenía que pagar mi parte, pero además necesitaba al menos a dos personas que pagasen todos los materiales que hacen falta para la ceremonia y si era gente con influencia, mucho mejor, para que quedase claro que tenía contactos, ya que me iban a hacer falta para conseguir trabajo... ¡Sí, claro! ¡Es toda una ceremonia! Queda en tu historial y los nombres de los patrocinadores aparecen en ese documento. ¿Que en qué consistía? Por dónde empiezo..., en los rituales de la República Productiva, los colores son importantes. A la Segunda Oportunidad tienes que ir de blanco, con ropa muy sencilla, tienes que dar un discurso que se emite en vivo, más te vale que tenga audiencia, de ahí que haga falta dinero. Necesitas una puesta en escena, pagar a algunos *influencers* para que se unan a la transmisión, y vender o regalar algo, tienes que escoger algún producto que te represente y que se convierta en el símbolo de tu Segunda Oportunidad. Yo escogí cafés porque Xía, que es muy lista, me consiguió trabajo de barista si utilizaba mi Segunda Oportunidad para promocionar las bebidas. Y eso, le hablas al mundo, das gracias a la productividad, creas consumo a través de los productos que vendes o regalas... de eso va la ceremonia.

Sí, hay muchas celebraciones, la más importante es el Día de la República Productiva, que se celebra una vez al año a lo grande, y cada trimestre se recuerda y se van preparando los datos para la ocasión. Es el Día de la Productividad, y la fiesta no empieza hasta que hayas hecho un resumen de tus horas trabajadas y de los productos que has comprado y consumido, lo puedes ir detallando cada trimestre, así al final del año te aseguras unos gráficos de los que puedas presumir. ¿En casa? No, no, en el trabajo. Nos reunimos en la oficina, presentamos cifras, recordamos a los líderes de la república, reconocemos nuestros fallos en un detallado análisis de nuestra productividad, a partir del cual creamos nuevos objetivos para el próximo año. Vienen representantes de Viarum y de otras empresas importantes, nos hablan, nos cuentan sus éxitos, nos dan consejos y nos dan códigos promocionales de regalo para los productos o servicios de sus empresas... y ya luego vamos todos juntos a consumir, puedes ir a las grandes superficies o comprar *online*, lo importante es que visibilices tu consumo. La vestimenta varía en cuanto a tu productividad, van de verde los que han conseguido sus objetivos, y los demás, de amarillo, naranja o ya de rojo si te has quedado muy por debajo. No es raro ver un montón de gente vestida de rojo corriendo por las calles tratando de aprovechar las ofertas del día para probar sus intenciones de mejorar su color.

La primera vez que me encontré en una encrucijada fue cuando me fui de compras un Shopping Friday, todos los viernes a partir de las 16:00 horas hay descuentos especiales. Compré mucha ropa a bajo precio, compré el BrainOn más espectacular de todos, The Ultimate, aunque supiese que era una estafa porque dentro de nada sacarían uno mejor.

Tomé asiento con mis bolsas a los lados y pensé en la gente que producía lo que había comprado. Trabajaban en condiciones laborales miserables. Lo sabía. Siempre intentaba ignorarlo. Así fue como se me complicó la vida. Estaba allí con mis principios en una mano y mis comodidades en la otra.

No recomiendo la encrucijada, en cuanto comencéis a sentir que los principios os reclaman, salid corriendo, de verdad os lo digo. Si pudiese dejar de pensar como pienso, de sentir como siento, lo haría, es mucho más fácil.

Perdonad, otra vez os estoy soltando el rollo. Es que aquel viernes de rebajas, todo lo que veía era gente como yo, ¿sabéis? Te giras y no ves a nadie que piense más allá de sus comodidades. La gente se olvida de sus principios hasta que venga bien sacarlos al sol una noche de copas con otras personas que hacen exactamente lo mismo para sentirse bien. Para sentirse en paz un momento.

Nos levantamos por las mañanas sin muchas veces
ni siquiera saludar a nuestro reflejo,
ni darle las gracias al cuerpo por sujetarnos
ni a la cama por acobijarnos.

Te vas a trabajar sin, muchas veces,
terminar de desayunar ni regar las plantas.
Tomamos la vida como una infusión que no hemos dejado reposar.
Tenemos salud y ni nos damos cuenta, nos la jugamos sin parpadear.

Soñamos con otros días, otra profesión, otro cuerpo.

Sin ver que tenemos el que nos sujeta, nos transporta y nos da amparo.

Sentimos tan poco por lo ajetreada de la rutina que se nos ha olvidado
el sabor del agradecimiento en los labios.

Buscamos lo que vemos en las pantallas.
Besamos los pies de ídolos lejanos.
Babeamos ante la rutina de otros que se nos parecen, pero no del todo.
Buceamos perdidas en un océano de inseguridades.

Mañana no, hoy.
Mañana no tiene que llegar para quererte más, tratarte mejor.
Mañana no tiene las soluciones, abre los ojos.
Mañana no llega si no (te) valoras hoy.

No somos un proyecto, somos una vida.
Niñas que crecen y se merecen una sonrisa en los labios.
Nuevos sueños cada día, más alegría cada noche.
No somos un engaño, somos lo perfecto que puede ser un simple ser humano.

Todos los niños juegan a ser policías alguna vez, es una profesión con visibilidad. No sé cómo acabé dedicándome a esto. No sabía quién iba a ser ni en qué trabajaría. No creo en vocación ni llamadas ni cosas de esas, la vida va transcurriendo y vamos tomando decisiones. A mí me gustaba la idea de servir a la comunidad. Hay gente a la que no le cabe en la cabeza que ese sea el motivo por el que muchas y muchos escogemos ese camino. Sin embargo, ser policía no fue mi primera opción para ese fin, consideré meterme a periodista o a intérprete de servicios públicos.

Comencé Periodismo, pero pronto me di cuenta de que iba a necesitar suerte para cubrir las historias que me interesaban. No soy una rebelde. No iba a ir por el mundo detrás de los sucesos que me darían renombre en la profesión. Mi motivación no era tan grande y no quería acabar escribiendo sobre historias del corazón. Entonces me decidí por interpretación en los servicios públicos. Ya sabes, hospitales, comisarías, tribunales, esas cosas. Fue así como descubrí el poder de apuntar a través de símbolos. Vengo de una familia de inmigrantes, hablo tres lenguas desde pequeña, pero eso no es suficiente para ser una buena intérprete. No se me dio nada bien. Así que un día me dije, ¿y policía? ¿Por qué no?

Cada palabra, cada acción.
Lo que dejo de decir, de hacer.
Las promesas de hoy,
se quedan sin cumplir.

Mañana, otra vez.
Otro principio con parecido final.
Mañana, otra vez.
Como buena ingenua,
creo que sí.
Que mañana será mejor que hoy.

Que diré, que haré
lo que pide la intuición.

Melina no quería entender mis preocupaciones, creo que últimamente no quería comprenderme en absoluto. Antes era diferente.

Antes tocaba el piano al llegar del trabajo. No importaba lo que hubiese pasado en la oficina, llegaba, me saludaba con un beso y un abrazo, se cambiaba de ropa y se sentaba al piano. Yo comenzaba con la cena mientras la oía de fondo, a veces se le escapaba la frustración y maltrataba las pobres teclas, pero en algún momento cambiaba a uno de sus clásicos, esas canciones que aprendió a tocar de pequeña, esas en las que no se equivocaba ni queriendo porque tenía la memoria en los dedos. En contadas ocasiones también cantaba, la debían de oír todos los vecinos, pero nunca se quejaron. De hecho, una vez vino una chica a felicitarla. Era guionista, dijo que le inspiraba saber que había otras artistas en el edificio. Acompañada de su voz, o solo con el piano, Melina se despojaba de todo el estrés de su trabajo.

Nunca entendí por qué decía que le gustaba si le ponía de los nervios tan a menudo; pero, claro, su inteligencia siempre fue más práctica que la mía. Ella sabía lo que se avecinaba. Sabía lo importante que era un trabajo como el suyo, el sinsentido era que yo me dedicase a hablar de filosofía.

Cuando nos mudamos juntas era todo tan bonito. Tenía que haber sabido que no podía durar. Es difícil ver los cambios cuando ocurren despacio, cuando te ocurren a ti o a alguien que quieres, es tan fácil encontrar excusas. Tenía que haberme asustado cuando nuestros valores comenzaron a separarse. Pero la quería. La quiero.

Me encantaba su pelo rebelde, dejaba claro que la sumisión no entraba en su vocabulario. No importaba si iba de punta en blanco para la oficina, su pelo era libre, ocupaba espacio como ella, para que nadie dudase de que era diferente. Largo, suelto, con una cuidada apariencia de descuidado, dejaba claro que quien lo llevaba podía darse el lujo de saltarse convenciones.

Melina es un camaleón, se adapta a todo. La conocí antes de que formase parte de Viarum, pero su objetivo era trabajar para una de las diez empresas más grandes del país. En ese momento, Viarum no era la número uno, ni lo era cuando Melina firmó su primer contrato con ellos, pero tuvo suerte, su lugar de trabajo se convertiría en la empresa más grande y con más poder de toda la República Productiva.

Melina iba a la última moda de lunes a viernes, con ropa de marca, un ejemplo de consumo cada vez que pisaba la oficina. Ella llevaba haciéndolo desde que la conocí, antes de que fuese una norma explícita. Para ir a trabajar, para exigir oportunidades, responsabilidades y un aumento de sueldo, es importante que vean lo que vales en tu ropa, en tu estilo, me dijo al principio de nuestra relación. Soy mayor que ella, pero aprendí más de lo que le enseñé. Repito, su inteligencia siempre fue más práctica que la mía.

Me enamoró su forma de mirarme, su manera de acercarse a mí, con cuidado, pero sin dudas. Me di cuenta de que me gustaba la primera vez que la vi, y no lo digo por cursi. Es muy guapa. Y muy lista. Yo había ido a regañadientes a una cena LGBT+, y allí me la encontré.

Rea, una amiga que acababa de salir del armario, andaba como loca buscando más gente *queer* con la que compartir sus ratos libres. No sé cómo es aquí, pero en la República Productiva las etiquetas desaparecieron durante unos años. Ya no había que salir del armario, no existían acrónimos en bares o libros. No llamaba la atención estar en una relación con otra chica, ya sabéis, las miradas y sonrisas de sorpresa que antes se les escapaban incluso a las personas con las mejores intenciones. A ese punto no se llegó de un día para otro, claro que no, y tampoco retrocedimos a esa velocidad. Todo pasó a ritmo de bolero, mientras hacíamos nuestra vida. Los más jóvenes no recordaban el primer cambio, así que no vivieron el retroceso como tal, además, estaba alineado con todas las transformaciones sociales que iban metiendo a la población en las cajas que tanto les gustan a los regímenes totalitarios. Los que ya eran adultos durante la normalización, vieron esos pocos años como una moda anarquista, y como sabían de dónde venían, pensaban que aquello no iba a durar. Sin embargo, nosotros, que estábamos en la edad de ligar, de explorar, de experimentar, lo vivimos como un bofetón. Yo estaba en la universidad, y tenía que entender que eso solo era el principio de todos los cambios que seguirían, pero nunca he sido tan lista como creo. Tengo mis problemas ajustando la visión de mi persona a la realidad. Llevo años en terapia, como casi todo el mundo en la República Productiva.

No quería ir a la fiesta con Rea porque no le quería poner esa etiqueta a mi persona, ni a mi vida. Me escudaba diciendo que no me había hecho falta en la adolescencia para no reconocer que estaba pensando en volver al armario, ya que ese concepto estaba resurgiendo. Rea insistió durante toda la semana anterior a la fiesta para que la acompañase. No estoy de acuerdo con la idea de separarnos del todo, ¿no hemos discutido ya varias veces que volver a ponernos etiquetas es un retroceso? Como entonces me encontraba estudiando Filosofía, le solté algunas frases, citas que en realidad no venían a cuento, buscando callarla con mi superioridad, pero Rea era lista. Hay que aprender de la historia, para normalizar el colectivo LGBT+ tuvimos primero que darle visibilidad. Este gobierno va primero a desnormalizarnos y luego nos van a quitar la visibilidad. Me referí irónica a su «tuvimos», pero como Rea era muy lista y quería que la acompañase, no me mandó a la mierda. Todo lo contrario, me miró a los ojos, dijo que entendía que me sintiese confundida, abrumada, que ella también se sentía así, pero que no podíamos actuar como avestruces, teníamos que entender la realidad para poder cambiarla. ¿No va de eso acaso la filosofía de la que tanto y tan a menudo hablas?

Llegamos a la dirección indicada cinco minutos después de la hora establecida. Rea tocó el timbre, Melina abrió la puerta. Rea la saludó, me cogió de la mano y comenzó a presentarme a sus amigas. Miré sobre el hombro con menos disimulo del que creía, para ver si Melina seguía cerca de la puerta. Rea se dio cuenta, así que me sugirió que fuese a buscar lo que se me había perdido. Le sonreí, Rea era una amiga de las buenas.

Me incorporé a la conversación que Melina tenía con una mujer de mediana edad, no recuerdo su nombre. Me explicó de qué hablaban, se presentó y pronunció aquel minidiscurso que lo cambiaría todo: no, no podemos controlar lo que nos pasa, pero nos pasan muchas cosas, y a algunas se les puede dar la vuelta. Creo que como ciudadana responsable me toca hacer algo, no solo quejarme ante las injusticias. Ahora bien, quejarnos también tenemos que hacerlo, y hacerlo bien, con una retórica impecable y unos razonamientos pensados. Se puede ser parte de la solución de maneras muy diversas, hablar del problema, entender por qué el otro bando lo ve de forma diferente, es fundamental.

Yo nunca había tenido madera de activista o, mejor dicho, entendía el activismo como la versión práctica de una teoría, y a mí siempre se me ha dado mejor la parte teórica. Tras aquellas palabras suyas, supe que Melina me iba a entender.

Aquella noche hablamos en grupo todo el rato, pero justo antes de que se acabase oficialmente aquella cena, al salir, con la mano ya casi sobre el pomo de la puerta, Melina me miró. Mañana es sábado y va a ser un día de esos de otoño perfectos para pasear, ¿te apetece quedar a las diez, tomar un café y caminar?, me preguntó mientras yo me iba poniendo la chaqueta, deseando que el abrazo que sentía de la tela fuese algún día el de su piel.

Aquel recuerdo me partió el corazón mientras me ponía el abrigo al salir de casa para iniciar esta huida. Nos merecíamos acabar de otra manera. Ella se merecía ser feliz, vivir una vida tranquila. Se merecía una casa con jardín donde pudiese entretenerse los fines de semana, donde pudiese jugar con una hija o hijo después del trabajo.

A Melina la cambió Viarum. Y no lo digo porque trabajase mucho ni por el estrés que conllevan cargos con mucha responsabilidad, no. Para nada, Melina podía con eso y mucho más. El problema eran los objetivos de Viarum, los planes de los que se iba enterando Melina al ir subiendo en la jerarquía. Xía, puedo arreglar las cosas desde dentro, ¿no lo ves?, me decía y, al principio, seguro que se lo creía, pero con el tiempo, con lo que leía en informes y escuchaba en reuniones, se iba debilitando su convicción. Con los años, Viarum le iba a quitar derechos por ser lesbiana y por ser mujer, complicado saber en qué orden. No era fácil saber hasta dónde llegarían. Los regímenes se van formando en secreto, van creciendo en la sombra, pero una vez que tienen poder pueden ir de cincuenta a doscientos por hora en cuestión de días. Una catástrofe natural o una pandemia, y los gobiernos centralizan el poder, se derogan leyes, se imponen otras nuevas, cambian expectativas, modifican datos, y te jodes. Todo es cuestión de encontrar esa excusa para meter la democracia en un cajón.

El remordimiento de conciencia fue carcomiendo a Melina, de dentro hacia fuera. Deja ese trabajo, le suplicaba yo. Cada vez discutíamos más por Viarum, pero Melina ganaba tanto dinero. Tenía poder. Melina estaba tan cómoda en el presente que no podía reconocer que le duraría poco, que ella no sería la excepción en un futuro cercano. Que las cosas sí se podían poner peor. Lo que nunca entendí fue por qué no la echaban, por qué la valoraban tanto profesionalmente. Me gustaba creer que era porque era muy lista, que prescindirían de ella solo cuando no les quedase más remedio, pero, a veces, me parecía que todo era un juego. Que estaban experimentando con ella, conmigo, con todo el mundo. Después de todo, teníamos la cibermemoria siempre conectada.

Fui muy feliz con Melina, durante años, pero eso, que ella cambió, cambiamos. Antes era diferente.

¿No sería bonito vivir en un recuerdo?
Uno que hayas seleccionado tú,
elegido sin prisas.

El recuerdo se materializa
y entras en ese mundo nuevo.
Con la experiencia de hoy.

No te acordarás de lo que dijiste,
ni del tiempo que hacía.
Pero sí de lo que sentiste.

Partes de esa sensación,
del sentimiento que fue,
que nació y puede volver.

¿No sería bonito saber qué lo hizo especial?
Entender por qué quieres volver.
Sin idealizarlo.

Para poder recrearlo.
Ahora, aquí,
sin dejar tirado el presente.

El lenguaje corporal de Zulia cambiaba a lo largo del interrogatorio con Xía. Se relajaba y tensaba como un acordeón. ¿Se sentía incómoda? ¿Se había cansado de escucharla? Me distraían los movimientos de su cuerpo. Le preguntaré qué le pasa al acabar el interrogatorio, pensé, y seguí apuntando. Aprovechaba al máximo mi sistema de toma de notas. No quería perder ningún detalle significativo.

Xía estaba afectada. Me habría gustado consolarla como hubiera hecho mi abuela, con un café y un bizcocho. Pero ahí no estábamos conversando en el salón de casa, sino trabajando, y yo ni siquiera tenía por qué estar ahí, era un privilegio que Zulia me había otorgado. Xía seguía hablando de lo feliz que fue con Melina con los ojos cada vez más aguados, pero aguantaba las ganas de llorar estoicamente.

—Gracias por tu sinceridad y por los detalles de tu historia. Descansa, seguiremos más tarde —le dijo Zulia justo antes de levantarse y mirarme para que la siguiese fuera de la habitación.

—¿Estás bien? —le pregunté—. Te he sentido ansiosa durante el interrogatorio. ¿Puedo hacer algo? ¿Nos tomamos un descanso y vamos a dar un paseo?

—Novata, estás aquí para tomar notas y analizarlos a ellos, no a mí. ¿Lo entiendes? Yo no importo nada en esto. Tampoco tú. Vamos a retomar la historia con Kleo. A ver qué nos cuenta. Pero primero iré al baño.

Fui a por un café y abrí las redes sociales para distraerme un poco. Anuncios. ¿Eran cada vez más frecuentes o siempre había sido así? Ahí estaban las botas que casi me había comprado el día anterior. Las fotos de mis contactos mostraban su localización exacta. Las palabras de Xía me resonaban. No puedes apagarlo nunca. Nunca. Veía las fotos de niños y pensaba en lo fácil que se lo estaban poniendo a las redes para desarrollar el reconocimiento facial, subiendo fotos casi a diario de bebés que se hacían niños, fotos con todas las expresiones posibles. ¿Somos los esclavos de nuestra propia destrucción?

—¿Por qué esa cara? —me preguntó Zulia al regresar.

—Vamos a acabar como ellos —dije casi sin darme cuenta.

Vi como un borrón la mano de Zulia acercarse. La puso sobre mi hombro como si temiera hacerme daño y, con la voz suave, casi como si de verdad se preocupara por mí, me dijo:

—Así no vas a poder hacer bien tu trabajo, y has probado ser muy útil. Venga, vete a dar una vuelta, comenzamos en media hora.

—¿Vienes? —sugerí. Zulia negó con la cabeza.

Al atravesar la puerta de salida, sentí un gran alivio. Ahí fuera sí había la cantidad de oxígeno que necesitaba. Aspiré bocanada tras bocanada. ShareMood, pensé. Aquí todavía no es la red social por defecto como en la República Productiva, pero está creciendo rápidamente. Yo tengo una cuenta y eso que nunca soy de las primeras en estas cosas. Las redes se usaban de otra manera cuando yo era pequeña. ¿O no? ¿Fue solo que no supimos prever el futuro? A cambio de la sociabilización, aceptamos exponer nuestros datos. En aquel instante entendí a Xía, me sentí ella, atrapada en un sistema que has aceptado, pero sobre el cual no tienes control alguno.

Un pensamiento me llenó la mente:

Podría haber detenido el cambio de sistema.

Y no lo hice.

Y no lo hice.

El pánico se adueñó de mí. Aquellas palabras habían caído como del cielo. Quise correr de vuelta a la comisaría y pedirle ayuda a Zulia, pero no podía. No hubiese sido profesional. El orgullo por mi trabajo me devolvió la perspectiva de golpe. Fui a por una chocolatina, pero acabé comprando cinco. Pedí, además, una bebida energética y, cuando estaba a punto de pagar, agregué una bolsa de patatas fritas con extra de sal.

—¿Te encuentras bien? —me preguntó el chico de la caja.

A veces compraba un bocadillo y un zumo en aquel establecimiento, siempre me atendía el mismo chico, con una sonrisa, me deseaba un buen día y, a veces, hacía algún comentario sobre las noticias o el clima. Aquel día me di cuenta de que era por su amabilidad por lo que escogía su kiosco en lugar de una cafetería cuando las prisas no me habían permitido desayunar en casa.

—Tenemos un caso complicado. Quiero animar a los de la comisaría con chocolatinas —medio inventé.

Me sonrió, pagué y me prometí que no volvería a comprar ahí. Me daba escalofríos que él supiese tanto de mí. ¡Qué tontería! ¿Que internet tuviera mis datos no me molestaba, pero que los tuviera el chico sí?

De regreso a la comisaría, cuestioné mi miedo a que un grupo de empresas sin nombre lo supiesen todo sobre mí. ¿Temía perder mi individualidad al perder mi privacidad? ¿O lo que me preocupaba era que condicionasen mi entorno, mis gustos, a través de lo que veía en las redes? ¿Que manipularan mis pensamientos? ¿O era acaso el temor más clásico, de que todo lo que hacemos, decimos, vemos, leemos, quede guardado y pueda ser motivo de persecución en un futuro con leyes diferentes a las actuales? Vale, me dije, parece que sí hay razones para preocuparse.

Zulia me estaba esperando. Se tomó un ibuprofeno mientras hablábamos.

—Me duele la cabeza —dijo ante mi mirada interrogante.

—¿Te duele con frecuencia?

Sonrió a medias.

—¿También sabes de medicina, novata? —soltó arrogante. Me sorprendió su actitud evasiva y supongo que se me notó en el rostro, porque continuó en un tono más calmado—: He tenido muchas pesadillas que no me dejan descansar. Han sido solo un par de noches. No me hagas caso. Estoy cansada y por eso exagero, y es que son horribles estas jaquecas.

—Dormir es fundamental. La gente no le da la importancia que tiene, pero la falta de sueño te quita la concentración, la energía, el ánimo. Y... y deteriora la salud en general.

Me sentí una idiota al terminar mi discurso. El rostro me ardía, se me habrían subido los colores como si fuese una adolescente tonta. No podía permitir que tenerla cerca me afectase de esa manera. No en mi lugar de trabajo.

—¿Quieres agua o... o un café? —le ofrecí esperando escapar de ella y de esa mirada que me llenaba de deseo.

—Novata, sabía que eras detallista, pero ¿eres así con todo el mundo o soy yo que tengo suerte? —Ahora su voz era sedosa, casi como una caricia, ya no era solo mi rostro, sino todo mi cuerpo el que ardía de ganas de sentirla.

Para, para, para, pensé, pero no me pude aguantar.

—Tus pesadillas... ¿son por el trabajo? A mí me quitan el sueño muchas veces. Vemos tanta violencia. Si te afecta de este modo, es que una nunca se acostumbra...

—Todo tiene un precio. Todos los trabajos tienen algo negativo y nuestra labor es fundamental para la sociedad. Cuando vienen los huracanes, las sequías, las pandemias hacemos falta. No somos una profesión de lujo, sino necesaria.

El tono le había cambiado otra vez. Fue casi como si esas palabras no saliesen de ella. ¿Eran su manera de consolarse, de consolarme?

—Venga, novata, despierta. Vamos a ver qué más nos cuenta Xía —dijo mirándome a los ojos sin la arrogancia de siempre. Parecía que por una vez quería mi atención. Sería algún efecto secundario del ibuprofeno.

Ya estaba cerca de casa. Aproximarme al edificio me hacía recordar la primera vez que entramos a ese piso, juntas. Lo compramos cuando Melina recibió aquel ascenso, el sueldo nos permitía vivir en esa parte de la ciudad, la zona buena. Su sueldo, no el mío. Lujo. Me gustaba la nueva dirección de mi hogar sobre el papel, las miradas de la gente al escuchar el nombre de la urbanización, entre admiración y envidia. Yo no pensaba en esas cosas de joven. Mi objetivo nunca fue vivir en un barrio u otro, no sabía que era importante, y creo que entonces no lo era, no había la segregación que hay ahora. Poco a poco, se va creando una imagen negativa de ciertos suburbios, y se presentan otros en contraposición. Luego, das un paso más, barrios dentro de los suburbios, incluso entre los buenos los hay mejores. Tú te dices a ti misma que no importa, pero los comentarios se te van metiendo en la cabeza. El miedo se va instalando en tu mente. En mí, parecía ser más efectivo cuanto menos caso le hacía, cuanta menos consciencia tenía de los prejuicios que poco a poco se iban transformando en verdades. No sé bien cómo fue que cambié de forma de pensar sin darme cuenta, supongo que había tantas cosas por las cuales preocuparse.

Al irse modificando tan rápido el sistema, se iban alterando también las reglas de lo que era aceptado y lo que no. De lo que era admirable (envidiable) y lo que no. Yo tenía que haberme dado cuenta, yo que entendía sobre estos mecanismos, los leí por primera vez explicados por Gessen, casi por casualidad. Olvidamos tanto de lo que aprendemos. Esa era una de las grandes promesas de la cibermemoria, de su implantación. Algún día llegaríamos a ser cíborgs. No olvidaríamos nada que no quisiésemos olvidar. Menuda pregunta filosófica, ¿no? ¿Qué queremos olvidar? ¿Por qué? En mis clases, cuando era docente, les decía a mis alumnos que memorizar datos era solo inteligente con un discurso y un público en mente. En internet están todos los datos, lo importante es cómo los presentamos, cómo los unimos, qué hacemos con el conjunto, con el todo. Los animaba a ser artistas. A crear. Los datos memorizados son para los robots, la creatividad es lo que nos hace humanos.

Con la cibermemoria o sin ella, recordaré siempre lo luminoso que se sentía el piso aquel día, cómo resplandecían esas ventanas grandes del salón al atravesarles la luz, era primavera, mi estación favorita, cumplo años a principios de abril. La entrada del edificio estaba adornada con rosas y orquídeas, una belleza. Todas importadas porque sí, para mostrar el nivel. Habíamos ido a ver el piso antes de comprarlo, claro, pero fue aquel instante en que abrimos la puerta con nuestras llaves, cuando ya habíamos firmado, cuando sentimos que era nuestro. Las habitaciones eran muy espaciosas, había lugar para diversos muebles y camas amplias. Yo estaba deslumbrada, parecía que vivir allí fuese a cambiarlo todo. El piso con el que no había soñado, pero que se convirtió en un sueño. Antes de comprarlo, la primera vez que fuimos a verlo, me enganché del brazo de Melina, estrujándoselo de la emoción, justo antes de cruzar el umbral. Ver viviendas nuevas tiene magia, sabe a principio, esperanza, visualizas el futuro, un final feliz. Ese primer día como propietaria, también cogí a Melina del brazo al entrar, pero la solté enseguida, casi sin darme cuenta. Quería adueñarme del espacio con mis pasos, con mis ideas, comencé a sugerir dónde iban a ir los muebles, de qué tipo íbamos a comprar. Melina sonreía orgullosa, pero no era un secreto que ella prefería una casa.

Sin vecinos compartiendo las paredes. Una casa es un símbolo, una representación. Melina creció en una de dos pisos, dice que fue al dejar esa vivienda cuando sus problemas comenzaron. Ese hogar de dos hombres homosexuales y una niña. Una casa de aires progresistas, de ideales, de compresión y amor. Y aun así, acabó trabajando en Viarum. Al menos, teníamos aquel piso, decía yo para animarla, no podía entender por qué era tan importante para ella la forma de nuestro hogar, teníamos el contenido, ¿por qué lamentarse por el envoltorio?

Le enseñé las vistas sobre la ciudad. La tenemos a nuestros pies, Mel, para contemplarla, para respirarla con el café cada mañana. De esa manera intenté compartir con Melina el subidón de poder... permitirnos esa zona de la ciudad, pero nada era suficiente, para ella era solo una fracción de lo que debía ser. Si ella no lo quería disfrutar, tendría que hacerlo yo el doble hasta que entendiese que un piso tiene muchas ventajas, me dije huyendo de una confrontación que llegaría tarde o temprano. Eso siempre es un error en una pareja, dejar pasar la oportunidad de aclarar las cosas, creer que se le va a pasar, que va a cambiar de idea, que el problema se desvanecerá si miras para otro lado.

No se me ocurrió nada mejor que empezar por mandar a pintar cada estancia de un tono diferente, entre blanco y melocotón. Melina quería hacerlo ella, los fines de semana, pero yo quería verlo listo de una vez, y así fue. Melina accedió, pero me hizo prometerle que cuando comprásemos una casa, ella misma iba a pintar los dormitorios. Vale, le dije, abrazándola. Me hacía sentir tan segura estar entre sus brazos, Melina siempre arreglaba las cosas. Se sacó una carrera con futuro, fue cambiando de trabajo hasta conseguir un puesto en Viarum, y desde allí se fue acomodando, entendiendo cómo funcionaba el sistema y cuáles eran las conexiones necesarias. Melina lo era todo para mí, lo sigue siendo. La he echado de menos cada instante de esta locura de viaje, de esta huida.

Ese piso significó un principio para nosotras. Fuimos a unas galerías locales para comprar obras de arte con las que decorar nuestro hogar, ya habíamos comprado unas cuantas pinturas a lo largo de nuestra relación, no solo en galerías, sino directamente en el estudio de artistas amigas de Melina. Ella conocía gente en todos lados, siempre sabía a quién preguntarle por lo que necesitásemos. Pusimos cuadros en esas paredes melocotón, y fotografías, hologramas, decoramos el piso con esmero, sin saber que pronto solo tendríamos problemas. Para mí ese hogar se convirtió en una fortaleza, la importancia de un refugio. Aun en los peores momentos, pensaba que por aquel piso merecía la pena sacrificarlo todo, incluso mi carrera. El sistema no me podía estar perjudicando tanto si vivía allí.

Mi carrera. Melina estaba trabajando para los detractores de las letras. La respiración se me aceleraba. Se me calentaba el cuerpo. Un pensamiento comenzó a recorrerme la mente desesperado. Podría haber detenido el cambio de sistema. Y no lo hice.

Podría haber detenido el cambio de sistema.

Y no lo hice.

Sentía colisionar el presente y el pasado. Ahí, sin cibermemoria, estaba ya a un paso de ese piso al que necesitaba entrar para volver a conectarme, para olvidarme de los recuerdos, para vivir una vida tranquila si me dejaba de tonterías y si conseguía un trabajo con más futuro.

Melina estaba proyectando imágenes de casas unifamiliares con jardín en la pantalla que abarcaba todas las paredes del salón. Tuve que coger fuerzas en una respiración profunda, intentaba pronunciar un hola sin matices, sin miedo ni reproches, pero estaba preocupada, claro, como cada vez que se hacía patente la infelicidad de mi pareja. Infeliz por el mismo sistema del que era parte. Me frustraba verla incapaz de reconocer que estaba trabajando para el enemigo, que era Viarum quien le prohibía cumplir su sueño de ser una familia con casa propia.

Melina no es solo mi pareja. Era. Perdonad, me cuesta hacerme a la idea. Ella era también mi ancla, mi protección. Sabía que mientras estuviese con ella, no me perdería, no me dejaría llevar por malos vientos. Ella se iba a encargar de que todo saliese bien, de que no nos pasase nada.

Melina me preguntó cómo me había ido, le conté que Kleo iba a intentar reparar el chip. Me pidió que me sentase. Abrió el armario, sacó un regalo, con lazo y todo. Abrí el envoltorio y encontré un BrainOn de última generación, debía de habérmelo imaginado, pero, aun así, me sorprendió. Menudo regalo. No podía esperar para que me lo implantasen, y no tenía por qué, gracias a las unidades abiertas 24 horas al día, pero no quería dejar a Melina sola. Era obvio que ya la había descuidado mucho, era igual de fácil ver lo mal que estaba. Su comportamiento obsesivo era cada vez más frecuente. Cualquier cosa parecía servirle para volver a caer en la espiral.

Me quedé mirando el BrainOn que me acababa de regalar, y la cara ilusionada con la que Melina me miraba, pero toda mi atención se la llevaban las proyecciones con las que mi pareja había inundado la casa. No sabía cómo ayudarla cuando se ponía así. No sabía qué hacer, qué decir cuando empezaba de nuevo a creer posibles cosas que no lo eran.

Yo también tenía mis episodios de vez en cuando. Todo el mundo los tiene en la República Productiva, no es que ni yo ni Melina seamos nada especiales. Es la cibermemoria, no físicamente (que también), es la actividad cerebral, los estímulos. Todo el mundo sabe que hay que desconectarlo de vez en cuando, pero ¿quién lo hace? Sí, la gente va a sus clases de *mindfulness* un par de veces por semana, pero el resto están siempre conectados. Y la parte psicológica, siempre nos estamos comparando. Yo quería dejar de hacerlo, pero ¿cómo? No puedes trabajar, no te puedes comunicar sin el chip, no puedes ni hacer la compra ni coger el transporte público, no puedes ni siquiera identificarte. Nada. No puedes hacer nada sin el chip. Por otro lado, corre el rumor de que no se apaga del todo. Mientras esté dentro de ti, está funcionando.

Me costó apartar los ojos del BrainOn en su caja nueva para mirarla a ella, que observaba una casa con jardín. Estaba decorando un modelo virtual. El color de las paredes, los muebles. El salón lo dispuso amplio y luminoso. Le gusta tener invitados, yo no soy tan social como ella, para Melina es fácil hacer amigos.

Conoce mucha gente a través del trabajo, y también de la que fue a su universidad; además, busca actividades para los fines de semana, y cenas, siempre quiere que organicemos cenas. Quería. Me cuesta pensar en ella en pasado, solo sé pensar en nosotras en presente. Hace unos meses tuvimos de invitadas a una pareja de chicas, se había comenzado de nuevo a poner énfasis en si las parejas eran homo o hetero. Ahora que lo pienso, en esto de las relaciones es en lo único que no querían homo, porque, en el resto, la homogeneidad estaba en auge. No era así cuando yo era pequeña, aunque a lo mejor era solo que mi madre era una artista y pensaba diferente.

Como os iba diciendo, habíamos invitado a una pareja, llevaban juntas muchos años, pero no les iba bien. El dinero se había convertido en un problema. En eso se parecían a nosotras.

Los ingresos, el nivel de vida, variaban mucho con la cantidad de profesiones que desaparecían a cada rato, y las nuevas que no paraban de surgir. Ya no era como antaño, con ciertas profesiones que eran garantía de estabilidad económica, y de estatus. En la República Productiva, cualquier profesión es tan volátil como la popularidad de un *influencer*. Unas empresas compran a otras, cambian de especialidad con una agilidad admirable que puede dejar sin trabajo a un buen número de personas sin apenas aviso. Un día eres César y al otro, Kodak. Aunque hay una cosa que no cambia, no importa lo mucho que nos desarrollemos tecnológicamente: el toque personal. Esa parte que la inteligencia artificial no ha conseguido del todo, pero casi. Inteligencia emocional. Empatía. El problema no fue reproducirla artificialmente, el problema es que se estaba perdiendo en los humanos, cada vez más narcisistas. ¿Tiene sentido reproducir una cualidad en desuso? Ese era el debate. La empatía no era necesaria para tener éxito, pero sí la inteligencia emocional, así que era cuestión de encontrar las partes en las que se solapaban.

Sin embargo, para lo que sí necesitábamos la empatía era para ser felices, pero ¿quién quiere ser feliz, cuando se puede tener éxito?

No, no era el dinero en sí nuestro problema, era la productividad que representaba. Si tienes un trabajo que se considera poco productivo, ganas menos y esa relación hace demostrable tu (falta de) contribución a la sociedad. Si tienes influencia en alguna red social, ganas dinero, eres una persona productiva; si tienes trabajos que poco a poco van siendo reemplazados por los robots, tu valor desaparece. Es como si tu vida estuviese en la bolsa, un día estás al alza y al otro a la baja. Pierdes el trabajo, no eres productiva, tu sueldo te delata, te quedas atrás, no ves dónde está el futuro, cómo seguirle la pista, sigues obsoleta, lo que ya permitió a los robots reemplazarte... Caes en desgracia. Y es importante que quede claro que es tu culpa si no cambias de profesión antes de que se automatice.

Cuando yo era pequeña, mi madre hablaba del momento Kodak, que era sinónimo de fotografía y de felicidad fingida, aparentada. Yo no entendía el origen de la frase porque no asociaba Kodak con nada en particular, era una expresión y ya. Sin embargo, más adelante, tuve a un profesor que nombraba a esta misma empresa como ejemplo de falta de innovación y de no prestar atención al mercado. Pecados capitales en la sociedad de hoy. La empresa ya no existía ni cuando mi madre ni cuando mi profesor eran jóvenes, pero hay imágenes, conceptos que perduran en la lengua durante generaciones. ¿Os dais cuenta de que todavía colgamos el teléfono? ¿Que el sol sale y se pone?

—Melina, qué alegría que hayas aceptado la entrevista, ya veo que vas por la cuarta fase —dijo la gerente comercial de Radisapiens, extendiéndole la mano en un saludo—. Llegar a la fase número cuatro en una semana solo es posible tras una serie de recomendaciones —le explicó, lo cual confundió aún más a Melina.

¿Recomendaciones? Pero si trabajo para Viarum, pensó.

—¿Has sido tú? —le preguntó a su interlocutora, quien le confirmó las sospechas con una sonrisa.

—Para alguien con tu perfil, esta primera semana y la que viene son las más importantes, están estudiando tus valores. Después queda tu experiencia e inteligencia, allí no vas a tener ningún problema. Me hace mucha ilusión ganarle la guerra a Viarum, habiendo rescatado el talento que han absorbido todos estos años. Vamos a cambiar la República, Melina —agregó.

Sin Xía, pensó Melina. Todo va a cambiar ahora que ella no está. ¿Habrá guerra?, quería preguntarle a su prospecto de colega, ¿se abrirían las comunicaciones fuera de la RNCP? ¿Podré traer a Xía de vuelta? No, será una burbuja utópica, pero seguiremos siendo una burbuja, seguiremos aisladas del resto del mundo, como un barco solitario en medio del mar que, si se sumerge en este, se hunde. Xía no lo sabe, ¿y si nunca entiende que por eso no pude ir a buscarla? No, ella no comprende que la frontera que cruzó no es entre países vecinos, es entre especies diferentes.

¿Cómo era posible que Xía y yo hubiésemos compartido aquel pensamiento? Sentí escalofríos: *Podría haber detenido el cambio de sistema. Y no lo hice.* ¿Qué significaba que hubiésemos usado exactamente las mismas palabras? ¿Lo habré leído en algún sitio? ¿Lo habré escuchado? ¿Era una señal? ¿La señal de qué? ¿De que debía hacer algo? ¿Qué podía cambiar? ¿Qué podía hacer alguien como yo? No tenía influencia alguna en las grandes problemáticas del mundo. Apenas tenía un trabajo que no pagaba mal, pero tampoco bien. Mis amistades tampoco eran influyentes, los lugares que frecuentaba, el súper, el gimnasio, la cafetería, no eran sitios para empezar una revolución... ¿Pero qué revolución? Gracias a mi profesión ayudaba a la gente todos los días, bueno, casi todos, ¿qué más podía hacer?

Los dos últimos interrogatorios de Xía se centraban en Melina. Era extraño que Zulia la llevase o la dejase ir por ese camino, no parecía ser una persona a la que le importasen las historias de amor.

Desde mi escritorio, la observé abrir su libreta y hacer unos garabatos. Tenía el entrecejo fruncido, los hombros tensos. Me imaginé detrás de ella, con las manos subiendo por su espalda, destensando sus músculos antes de que ella se diese la vuelta y...

—Venga, novata, es hora de que nos hablen de Carla —dijo, llevándome de nuevo a la realidad.

Les pedimos a Ryk, Kleo y Xía que nos hablasen sobre la ideóloga de la huida, la persona que debía haber venido con ellos. Melina y Carla faltaban en ese equipo. De Melina ya tenía una idea, aunque me habría gustado tenerla delante y escuchar su versión. ¿Por qué siendo tan inteligente no logró escapar? ¿O fue por inteligente que se quedó? ¿Yo dejaría mi país atrás? La idea me parecía absurda en ese momento. Había aprendido de mi abuela que por más que se complicasen las cosas, lo malo era temporal, igual que lo bueno. Que todo era cuestión de esperar. Las cosas eran difíciles en todas partes y en diferentes niveles. Sabía que antes era distinto viajar a cualquier ciudad, ir al otro lado del globo era algo común. Pero eso era antes, en la primera ola de la globalización, mucho ha cambiado desde entonces. No viajamos solo de manera virtual como en la República Productiva, pero desde que las fronteras comenzaron a cerrarse y los países se agruparon, se nos redujo el mundo.

¿Carla? Por qué tanto interés en ella... No me presionéis, joder. No os quiero ocultar nada, si he sido yo quien ha hablado de ella desde el principio. Solo que es... difícil. Ella no está aquí y es difícil.

Carla es una de esas personas que se te cruzan por el camino y compartes años de verlas cada día, de comer juntos, y luego desaparecen de tu vida o tú de la suya. Cada uno coge un rumbo diferente, no sé si me explico. Pasan años y de pronto suena el teléfono y te piden ayuda.

Aunque al final me ayudó más ella a mí que yo a ella.

Así comenzó. Cogí el teléfono. No reconocí su voz. Me dijo quién era y casi no daba crédito. ¿Qué podía querer de mí? Me dijo que necesitaba hablar con alguien. Yo no me consideraba ese alguien, no solo porque llevásemos mucho tiempo distanciados, sino porque yo estaba perdido en la vida. No me cabía en la cabeza que alguien me buscase.

La vida con sus segundos
que se me escurren entre los dedos.
Con sus minutos que se amontonan
a mis espaldas.
Con las horas que no me llegan.

Con los días que vienen y van,
crecen y se hacen semanas
antes de que me dé cuenta.
Y pasó un mes. Y pasaron doce.
Volví a cumplir años,
sin tachar tu nombre de la lista.
De entre los vicios y las malas costumbres
que me empeño en querer cambiar.

Cada mes la luna se llena
y se vuelve a vaciar.
El ansia por la primavera
se nos olvida al ver el verano
cruzando la esquina.
Y de pronto se marchitan
las hojas de los árboles
y los sueños de la juventud.
Llegamos al invierno de nuestra
creatividad antes de llegar a los cuarenta.
Una cuarentena para pensar.
Días perdidos en los que te encuentras
porque ya no te quedaba otra cosa que buscar.

La vida con sus segundos
que se me escurren entre los dedos.
Y yo sigo mirándolos.

La vida con sus segundos
que se me escurren entre los dedos.
Y yo sin cerrar el puño.

Sabía que las cosas le iban bien a Carla, claro que lo sabía. Se sabe todo gracias a ShareMood. Pero no quería escucharla, ni dedicarle mi tiempo ni mucho menos quedar con ella... ¿Que por qué? Mm... Vamos paso a paso, ya lo entenderéis.

Al final sí que quedamos. Hablamos de novelas gráficas y superhéroes... No, no, por nada en concreto. Es que fue así como nos habíamos conocido años antes. Teníamos un amigo en común, por eso acabamos los dos en el mismo lugar, pero no fue hasta que Carla me enseñó sus dibujos que conectamos.

Pronto cambiamos de tema. Carla dejó atrás los recuerdos para tantear mi opinión sobre el éxito de sus vídeos apoyando el capitalismo neoliberal. El cambio de tema fue tan brusco que entendí que eso era lo que le interesaba tratar. Yo no la juzgaba del todo. En realidad, ya no sabía qué creer ni a quién, ¿me entendéis? Asalus había comenzado a implantar cibermemorias. Había hecho obligatorio que todos sus empleados tuviesen una para poder hacer su trabajo al nivel que exigían. Siempre hay una justificación, un porqué, los equipos de comunicación de esas empresas existen para vender historias.

Nos han quitado la opción de elegir, dijo. Pronto será una obligación para todos. iMind y BrainOn se van a pelear por vender los chips a las grandes empresas. Laximtoc, Agrotech, Zito,

Viarum, etc. Le dije que estábamos jodidos y ella me pidió ayuda, dijo que había que darle la vuelta a aquello antes de que fuera demasiado tarde. ¿Cómo? Con periodismo de calle, pero sin patrocinadores.

Podría haber detenido el cambio de sistema. Y no lo hice.

Y no lo hice.

Carla era periodista. Bueno. No... Periodista lo que se dice periodista, no. Era una *influencer*. Digamos que de las serias. No estudió Periodismo, sino Historia. Eso ya era algo, supongo. ¿Vosotras pensáis que hubo diferencia? Carla se hizo popular en YouTok comentando las noticias. Al principio, criticaba a las personas que se aferraban a la vieja forma de hacer política... Me refiero a quienes defendían sistemas parlamentarios corruptos, donde un número limitado de políticos tomaba decisiones sobre asuntos de los que no sabían nada. Carla criticó las políticas sociales y defendió las privatizaciones. Desde la sanidad, la educación y la seguridad. Todo. Carla creía con mucha convicción que una empresa que le daba trabajo a todo un pueblo tenía derecho a gobernar ese pueblo.

Colubris fue el precedente. Era un pueblecito de esos donde no había suficientes niños para abrir un colegio, para todo había que trasladarse al pueblo vecino o al siguiente, o ir a la ciudad. No había trabajo. Los terrenos valían una miseria. La gente se marchaba. Un desastre. Entonces ocurrió el milagro de Colubris. Laximtoc abrió una fábrica en el pueblo y la vivienda se revalorizó, la gente regresó, se abrieron tiendas, cafés, escuelas; el transporte público volvió a tener presencia. Colubris volvía a estar en el mapa y todo gracias a una sola empresa.

Luego se destapó un supuesto caso de corrupción. Laximtoc intentaba que se aprobara una ley que le permitiese facilitar los despidos y no pagar horas extra. Argumentaron que las horas extra serían tomadas en cuenta y reflejadas en los bonos bianuales. Carla era una de las personas que se agruparon para apoyar a Laximtoc. ¿Podéis creerlo? ¿Podéis creer que llegó a ese extremo? Decía cosas como que esa empresa le había devuelto la vida al pueblo y por eso debían tener influencia en la legislación. Lamixtoc hizo entonces una jugada maestra. Decidió patrocinar al pueblo de Colubris. Financió la creación y mantenimiento de parques y áreas comunes, un centro deportivo e internet de alta velocidad. Ya te digo yo que con lo de internet se metió a todos en el bolsillo.

El pueblo pasó a llamarse... Esperad, que esto es una locura. Colubris de Laximtoc. ¡Colubris de Laximtoc! Ese fue el primer paso. El antecedente. A la gente comenzó a parecerle lógico que si Laximtoc pagaba para que el colegio tuviese mejores instalaciones, la junta de la empresa debía ser parte del comité escolar. Un comité que decidió privatizar la educación y a qué empresa darle la concesión.

Al menos todavía había gente lo suficientemente despierta para darse cuenta de que, después de la educación, Laximtoc intentaría hacer lo mismo con otras áreas. Fue antes del chip, así que las personas conservaban cierta capacidad de atención para involucrarse en las cosas que afectaban a su comunidad. Se organizaron manifestaciones y un boicot. Dentro y fuera de Colubris, y a lo largo de todo el país. Creo que recuerdo el eslogan. Era algo como: «El colmo de la corrupción, Colubris es de los vecinos, no de los empresarios». Laximtoc contrarrestó con argumentos como que ¿por qué ir en contra del desarrollo económico y de los modelos económicos más efectivos?, ¿acaso no queréis lo mejor para vuestros hijos e hijas? Laximtoc era una empresa donde trabajaban eminencias en las áreas de *marketing* y comunicación. Sabían cómo manejar la situación y que la gente se cansaría de protestar tarde o temprano. Laximtoc comenzó a premiar a sus empleados con cheques regalo y abrió un centro enorme para mayores, gratuito para los habitantes de Colubris.

Carla defendía el discurso de que las empresas como Laximtoc mantenían con vida los pueblos como Colubris. Y fue más allá, dijo que las juntas directivas querían lo mejor para sus trabajadores, para el pueblo. Así que, ¿por qué aferrarse a la visión antigua de que los ricos eran malos?, ¿de que los empresarios eran codiciosos y egoístas?, ¿por qué no entender que la innovación y el emprendimiento creaban progreso?

A través de su canal de YouTok, dio todo tipo de ejemplos de cómo las empresas buscaban lo mejor para la sociedad. Al principio, intentaron desacreditarla, diciendo que Laximtoc le pagaba... ¡Pero no! Lo pensabais, ¿verdad? Pero no, no le pagaban en ese entonces. Nadie encontró conexión alguna entre la empresa y Carla porque no la había.

Más tarde, las primeras empresas que pagaron por anunciarse en su canal de YouTok tenían en común a uno de los propietarios, una familia conservadora, neoliberal, que también tenía un elevado porcentaje de acciones en Laximtoc. Carla reconoció ante mí más tarde no haber querido ver lo evidente.

Sus vídeos tenían credibilidad, ¿sabéis? Eran apasionados, no había impostura detrás. No olvido el primero que vi, el que se había hecho viral. Incluso sonreí al reencontrarme con ella, aunque hubiese una pantalla de por medio. Pensé que Carla era valiente y me sorprendió la sensación que me llenó el cuerpo, era orgullo. ¿Orgullo de qué? Ni manteníamos el contacto ni coincidían nuestras ideas políticas. Yo nunca estuve a favor del cambio de sistema. Pero era orgullo, y es que no me molestaba su éxito, todo lo contrario, me daba esperanza.

Carla se puso delante de la cámara de su portátil. Miró de frente. Así, ¿lo veis? Unos segundos después, comenzó. ¿Os habéis puesto a pensar en que los idiotas pueden votar igual que tú y que yo? ¿No os parece injusto? Veamos las consecuencias...

Carla enumeró las veces en que el alcalde había mentido e incumplido con su programa electoral. Me contó que aprendió a editar a través de tutoriales y los consejos de una amiga. Carla se había quedado en el paro, mandó un montón de solicitudes de trabajo los primeros meses, pero no recibía respuestas favorables. Con mucha rabia, desilusión y más tiempo libre, se puso a ver vídeos en YouTok y decidió que eso era algo que podía aprender a hacer. Nadie tenía que darle su permiso, sería independiente.

También me contó lo decidida que se sintió aquel día. La esperanza le hizo perder el miedo al ridículo, a no tener razón y al qué dirán. Ella tenía mucho que decir y las redes le permitieron hacerlo sin tener que contar con la aprobación de nadie, ni mandar un currículo, que seguro iría a parar a la papelera de reciclaje si es que alguna vez salía del buzón de sus destinatarios. Carla no era la única desilusionada, muchas otras personas estaban de acuerdo con que el sistema no estaba bien. Se convirtió en la voz del descontento general. Pero no creáis que el éxito fue instantáneo... ¡Exacto! Las cosas no funcionan así en internet. Si quieres escalar rápido, hace falta un mecenas de la influencia. Tras subir aquel vídeo donde sacaba a relucir todo su enfado, se desilusionó porque apenas tenía visitas, hasta que el enlace acabó en las redes de una *influencer*. Las visitas aumentaron corriendo, dando volteretas. Así se hizo viral y Carla comenzó a ser sinónimo de periodismo de calle, de la voz de la gente que no tiene voz.

El sistema democrático no era más que burocracia y buenas intenciones corrompidas. El sistema comercial era el cambio que la sociedad necesitaba. Sí, un sistema comercial, un sistema basado en su totalidad en la productividad y el consumo. No había espacio para lo demás. La economía, el poder adquisitivo, el capital. Eso era lo que contaba.

Los mensajes de propaganda se adueñaron de medios formales y de los que no lo eran y que acabaron siéndolo cuando se modificó la definición. La importancia de las redes no paraba de aumentar... Lo sé, sé que aquí pasó igual, que la gente cambió los artículos con una investigación detrás por los titulares anzuelo que solo buscaban un clic rápido. Pero allí fue brutal. Descarado. Aprendimos a autoengañarnos. Nos acostumbramos a leer el titular y asumir la historia, dependiendo de nuestro estado de ánimo, de los rumores o de la suposición de otra persona que tampoco se había molestado en leer todo el artículo. Aprendimos a cegarnos. Nos acostumbramos a aceptar la propaganda, poco a poco, hasta que nos convertimos en zombis.

La vida de Carla cambió mientras el número de suscriptores crecía. Se levantaba cuando quería. Sonreía mientras se preparaba el desayuno recordando que tan solo unos días antes programaba la alarma como cuando trabajaba, desayunaba un café y se ponía delante del ordenador a ver si había alguna vacante a la que pudiese enviar el currículo. Leía el anuncio, abría un archivo de Word y comenzaba a redactar la carta. Se tomaba un descanso para comer unos cereales y tomar otro café. Abría de nuevo el archivo, modificaba frases aquí y allí. Comparaba la carta con el anuncio... Todo para nada. Pero eso había terminado. Ya no necesitaba buscar trabajo. Le llegaban propuestas de patrocinadores...

Sí, ella me contó todo esto con detalles, quería que entendiese su situación, por qué hizo lo que hizo, por qué apoyó al sistema.

No estoy seguro. Podría especular, pero... Vale, vale. Supongo que su éxito tuvo mucho que ver con su personalidad analítica. Me contó que había revisado decenas de vídeos buscando algún patrón de éxito. Llegó a la conclusión de que el tema del desempleo y el paro atraía a mucha gente. Entonces Carla culpó a la sociedad por hacer tan complicado para las empresas contratar nuevos trabajadores.

Las empresas contratarían con menos miedo si no tuviesen tantos gastos en caso de encontrarse con un parásito. Las personas trabajadoras no tenemos miedo de que nos echen.

Sí, le eché en cara que defendiese de esa manera los derechos de las empresas frente a los de los trabajadores cuando ella misma fue víctima de un despido injustificado. Carla me confesó que estaba enfadada con la falta de oportunidades. Me molesta vivir rodeada de gente que va de víctima por la vida. Por una vez quise ponerme del lado de los ganadores, me dijo.

Las ayudas sociales. Yo no quiero tener derecho a la caridad del gobierno, quiero poder producir y gastarme mi dinero en lo que me da la gana. Más trabajo para los jóvenes.

Recuerdo que cuando vi ese vídeo, estuve a punto de dejar de seguirla. Quise escribirle por ShareMood que se había pasado. Quería que supiese que hay mucha gente que sí necesita ayuda. No todo el mundo puede trabajar, a mí no me parece mal que el Gobierno sea caritativo cuando hace falta.

La sanidad. La apatía de los médicos da asco. ¿Os dais cuenta de que ni siquiera escuchan lo que les cuentas? Se nota que tienen el trabajo asegurado. *¿No tenemos derecho a tener asegurada la salud? ¿A que nos escuchen y no solo nos receten calmantes para todo?*

Carla comparó cifras y comentarios. Cuánto odio a que se diga la verdad, esa fue su conclusión. Y usó toda esa rabia de combustible, porque si algo estaba claro era que lo volátil significaba viral. Qué suerte poder, por fin, gritar sus verdades al viento y no tener que reformularlas para no ofender a nadie, para hacer llegar el mensaje a cuantos más mejor. Qué alivio que eso ya no fuese necesario, que pudiese gritar frases incoherentes, crear discursos sin lógica ni fundamento. Gritar a todo pulmón. Hacerse escuchar porque sí.

Sexismo en YouTok. *Parece que ser mujer y expresarse con libertad no deja indiferentes a todos esos hombres que luego van por el mundo de feministas. No se pueden tener las dos cosas, señores. Decídanse.*

Comer ecológico. *La gente se pone con esa tontería de estar comprando solo productos ecológicos. No todo el mundo tiene dinero para gastarse un 20 % más cada vez que va al supermercado. Yo quiero poder comprar productos ecológicos, pero para eso necesito un trabajo que me dé un sueldo.*

Ignorantes. *No sé por qué hay gente por ahí con escasez de sesos que cree que tener dinero es algo malo. Así no vamos a llegar a ningún sitio, nuestra sociedad tiene que ser ambiciosa, que la gente se levante por la mañana con ganas de producir, de generar.*

Muchas visitas en todos esos vídeos, pero sin duda el que crecía de manera extraordinario era el de Laximtoc y eso fue lo que le señaló el siguiente paso en el camino. Llegó un momento, Ryk, me dijo, en el que me llamaban agencias de publicidad para ofrecerme patrocinadores, había todo tipo de empresas detrás de mí para poner anuncios en mi canal.

Los enlaces a sus vídeos se multiplicaban. Carla creó una página web. *Periodismo de la calle, yo digo lo que los grandes medios no quieren que te cuenten.* Con esas frases te recibía su sitio en la red.

Tenía hasta representante, ¿os lo podéis creer? *Hola, Carla, te tengo mejores noticias que las de la semana pasada. Tres anunciantes más están interesados en tu canal.* Una se acostumbra rápido a esas llamadas, Ryk, me decía. Muy rápido. Se daba el lujo de pedir que le mandasen más información por *e-mail*, podía escoger. Cuando abría la aplicación de su banco, sonreía al ver el saldo. Trabajaba algunas horas al día en sus vídeos, pero el resto estaba libre, mientras que su economía mejoraba.

Carla me contó sobre una amiga que le advirtió que iba por mal camino, pero no le hizo caso. Me dijo, Ryk, una no hace caso cuando cree que tiene la sartén por el mango. Aquella visita marcó mucho a Carla, me contó la historia varias veces:

Me fui a la ducha, luego me vestí, me perfumé. Tenía ganas de celebrar la vida. Así comenzaba siempre esa narración.

Sonó el timbre, Carla estaba frente al espejo, en el baño, a medias con el maquillaje. Era Tina. Carla abrió la puerta con una sonrisa. Vámonos de fiesta, le dijo a su amiga.

¿De fiesta? ¿De qué vas? Tina entró en el piso, pasó al salón, había libros, periódicos por doquier. Tazas sobre la mesa. Es el desempleo, ¿a que sí? Yo sé que es duro, pero no puedes perder la cabeza, las palabras que salían de la boca de Tina desconcertaron a Carla. Tina no debió de darse cuenta porque siguió hiriendo a la pobre de Carla, que por fin, después de tanta mala racha, veía la luz al final del túnel.

Nunca has sido política, me jode que ahora lo seas para el bando enemigo, ¿sabes cuánto tiempo llevo luchando por los derechos de los trabajadores? ¿Te vas a poner de parte de las grandes empresas? Tus vídeos son cada vez más neoliberales. ¿Acaso no entiendes lo que este sistema le hace a la gente trabajadora, la gente de la calle de la que tanto hablas?

Carla se enfadó. Todos tenemos un punto débil, un talón de Aquiles, y el de Carla era la vergüenza de haberse quedado sin trabajo. Encontró una carrera como *influencer*, aunque fuese en contra de sus principios, porque hay que ganarse la vida de alguna manera. Carla me contó que entonces estaba decidida a darle la espalda a toda persona o sistema que se la hubiese dado a ella. Entonces se armó de valor y le gritó a Tina que el sistema funcionaba de puta madre.

***

—Me estoy ganando la vida con mis vídeos —dijo Carla.

—¿Y eso es prueba suficiente de que este sistema funciona?

—Funciona para mí.

—¿A la mierda los demás?

—No, a la mierda poner primero a los demás que a mí misma. Eso no tiene nada de malo.

—Pensando así nunca vamos a avanzar. Volveremos a un sistema donde solo si eres hombre, blanco y rico tienes poder de decisión. Y hetero, claro.

—Ay, Tina. Qué exagerada eres. ¿De verdad crees que vivimos en el siglo pasado?

—El presente está lleno de estos problemas.

—Hemos conseguido la igualdad.

—No, por eso no conseguías empleo.

—Pero ahora sí que tengo lo que quiero, gano dinero, trabajo donde, cuando y cuanto quiero. No cambio esto por nada. Anímate, Tina, no es para tanto. Yo solo me estoy ganando la vida, siguió Carla. Ayudo a la gente a abrir los ojos, pero no voy nunca a tener la influencia necesaria para que elijan a un idiota que nos devuelva al siglo pasado.

***

En fin, Carla le dijo a Tina que entendía que le jodiera que ella tuviese más influencia como activista que ella. Incluso le propuso tenerla de invitada en el canal, así podrían debatir.

Entonces Tina, alejándose de Carla como si fuese la peste, la acusó de haber perdido el sentido de la responsabilidad social y le recordó que solían llegar temprano a las clases de la universidad, sentarse en primera fila, hacer los deberes. Le recordó la primera vez que la vio desesperada por no encontrar trabajo.

Tina le echó en cara que la ayudó a conseguir su primer empleo, un puesto de asistenta administrativa no era lo que Carla quería, pero lo necesitaba.

Entonces Carla le dijo que le agradecía que la hubiese ayudado a conseguir aquel trabajo, que no se lo tomara a mal, pero era una mierda. Era aburrido, y no sentía que le aportaba nada, aunque pagara las facturas y le diera de comer, pero era uno de esos trabajos que destrozaban el alma de las personas.

Aquel trabajo debía de haber sido solo provisional y creo que no estuvo tanto tiempo empleada allí, pero Carla describía esa época como un castigo. Se levantaba de la cama cansada porque sabía que pasaría el día haciendo fotocopias, ordenando carpetas, escaneándole documentos a todo Dios, haciendo de telefonista y recepcionista, trabajos por los que ya había pasado mientras estudiaba. ¿De qué le valía haber acabado la carrera? Nada de viajes, solo salidas con los amigos a tomar copas baratas. Compraba ropa en tiendas que no tenían una cadena de producción acorde con sus valores, pero eran las únicas para las que le alcanzaba el sueldo si quería tener la imagen que le exigían en el trabajo. Carla sabía (y le jodía) que las personas que hacían sus pantalones y blusas vivieran en la miseria. Que arriesgaran su vida al ir a trabajar. Eso le reventaba las tripas. Qué mundo más de mierda, pero ¿qué podía hacer ella? Ignorar para sobrevivir.

¿Que cuándo perdí el sentido de la responsabilidad social? Lo perdí el día que la sociedad se olvidó de mí, dijo Carla

***

Carla recibió un *e-mail* de una agencia de relaciones públicas. ¿Le apetecería entrevistar a un representante de Agrotech? Accedió de inmediato. Agrotech le sonaba. Eran esos que estaban colaborando con los agricultores para que pudieran producir a mayor escala. Comenzó a preparar las preguntas. Tenía el televisor encendido y un gato dando vueltas por el pequeño apartamento que alquilaba en la capital.

Presentó a Agrotech como artífices de una agricultura futurista. Su tecnología les estaba permitiendo a los agricultores tomar las riendas de su producción. Hacia el final de la entrevista, le preguntó a su invitada que cuál era el siguiente paso para Agrotech. Carla había sugerido que la representante fuese una mujer. Es lo que les gustaría a sus seguidores. Mujeres en altos cargos. Mujeres que triunfaban.

—Las franquicias —dijo la representante de Agrotech. Queremos que cualquier persona pueda crear su empresa agrícola, sin necesidad de experiencia previa. Les vamos a facilitar todo: el material, el conocimiento y la red de distribución. Vamos a revitalizar los pueblos que se están quedando sin industria, queremos seguir los pasos de Laximtoc.

Unos meses después de la entrevista de Carla con Agrotech, Asalus celebró la aprobación de la ley que permitía la implantación de los iMind y BrainOn. El debate llevaba meses, desde que los dos gigantes tecnológicos anunciaron que tenían el producto listo.

La demanda fue instantánea. La gente comenzó a comprar las cibermemorias antes de que fuesen aprobadas para su implantación. Lo que faltaba legislar era la implantación, no la venta. La polémica giraba en torno al poder que tendrían las empresas a las que, literalmente, las personas le estarían dando acceso a su cerebro. Asalus se unió al debate, lanzando una campaña publicitaria donde reivindicaban el derecho de las personas a decidir sobre sus cuerpos.

La influencia de Carla crecía como su cuenta bancaria. Se mudó a un piso más grande y por fin pudo comprar ropa sostenible y de proximidad. Carísima, pero que mantenía a raya su conciencia. Pensó que no era buena idea que sus fans viesen cómo estaban cambiando sus costumbres. Mantuvo un *look* más corriente en los vídeos, pero le era difícil reproducir un estilo de vida que ya no llevaba. Así decidió ir modificando los matices de su discurso. Poco a poco se iba presentando como un ejemplo de por qué los mercados eran la solución, un caso donde el sistema había triunfado.

Sin embargo, los periódicos que Carla leía atenta, para preparar sus vídeos, comenzaban a presentar ideas que le ponían nerviosa. Carla no se había pronunciado sobre las cibermemorias, había dicho que ella era la voz de los que no tenían voz, el debate de los chips era *vox populi* y ella una liberal, por lo tanto, apoyaba que cada cual hiciese lo que quisiese con su cuerpo.

La opinión de Carla comenzó a cambiar cuando la empresa que se encargaba de la educación en las escuelas primarias eliminó el uniforme unisex y decidió que las actividades deportivas serían diferentes para niñas y niños. Carla se preguntó qué ganaba esa empresa con meterse en la vida de esas criaturas con mensajes morales que nada tenían que ver con la economía. Pronto llegó la respuesta, cuando unos días más tarde vio anuncios en ShareMood que aseguraban que para ser realmente productivos las personas tenían que tomar en cuenta el género y la raza de los individuos, así como el nivel socioeconómico de los padres e incluso su religión, porque la religión tenía una influencia muy fuerte en el desarrollo de valores e ideales sociales por los cuales luchar.

Poco después, una preocupada Carla se puso en contacto con un desconfiado Ryk.

***

Le pregunté cuál sería el primer vídeo para el que necesitaba mi ayuda. Me dijo que quería que investigásemos sobre dos temas: las cárceles y los experimentos con personas poco productivas... No, yo no había oído hablar de esos experimentos hasta entonces. Me habría gustado no saber de ello. Carla decía que había subpersonas, pero ¿quién decidía lo que hace a una persona dejar de serlo? Me daba miedo acabar siendo una subpersona.

Sí, sí, he dicho subpersona. Los chips, los experimentos... nos acabarán convirtiendo en subpersonas... en cíborgs... Sí, eso he dicho, ¡cíborgs!

¿Estoy llorando? No sé... No lo sé. Creo que necesito una pausa. Sí, una pausa...

Ryk no podía retener las lágrimas, aunque lo intentase. Zulia y yo salimos de la habitación, lo dejamos desplomarse en soledad. No hablamos, cada una cogió una parte de la comisaría para sí, para procesar aquello que no se podía procesar. La revolución cognitiva estaba ahí, al lado, en la República Productiva, nuestro país vecino. Y nosotras seguíamos en nuestra realidad corriente, sin chips. Tarde o temprano seremos cíborgs, o no, seremos subpersonas.

***

Carla conocía los rumores de cómo se iban a desarrollar los eventos. Una vez que un puñado de compañías tuviesen la gran mayoría de los chips, con una legislación y un pueblo acostumbrado a que las empresas y el gobierno fuesen parte de la misma amalgama, todo era posible. Cuanto más investigaba, más le parecía que la sociedad regresaría al sexismo, la homofobia y el clasismo.

Ryk estaba asustado.

—Hay que afrontar los miedos. No vamos a solucionar las cosas mirando para otro lado. Voy a por más café —le dijo Carla.

Ryk se quedó en el sofá. Estaban en su casa porque consideraban que reunirse en público o en la de Carla era muy arriesgado. Ryk ya no sabía qué hacer con todos los pensamientos que lo atormentaban. Al final se levantó y fue a la cocina.

—¿Tienes hambre? —le preguntó a Carla.

Ella sonrió.

—Sí —dijo—, aunque para hablar de estas cosas hace falta algo más que una comida cualquiera, hace falta un bizcocho, ¿no crees?

—¿Un bizcocho? —Ryk estaba sorprendido de la tranquilidad de Carla.

—Somos ideas, ¿no crees? Somos una historia que nos han contado y que nos hemos creído. A lo mejor, un bizcocho nos trae recuerdos de la infancia, de una abuela, un padre, una madre, una tía. Cuando lo comemos, no estamos satisfaciendo solo el hambre, sino nuestra ansia de seguridad, el abrazo de ese padre o esa abuela. Cuando entramos en temas pesados te ofrecí café porque recordé que me habías contado que te tranquilizaba, dijiste que era porque tu abuelo era nicaragüense y te hablaba sobre su vida en Nicaragua con una taza de café.

»Somos una historia que nos han contado y que nos hemos creído, una historia que nos contamos a nosotros mismos. ¿Ves el peligro? Nadie debería conocer algo que te implantarán en el cerebro mejor que tú mismo. No estoy en contra de los avances tecnológicos. Son inevitables. Pero creo que la sociedad tiene la responsabilidad de informarnos en detalle de los cambios que estos conllevan. Los cambios que conlleva la cibermemoria son los más grandes que podría haber visto la humanidad. ¿Cuánto cambiará nuestra forma de procesar la realidad? ¿Qué entenderemos por realidad en unas décadas? Necesitamos gobiernos independientes que nos garanticen una legislación justa. Que defiendan nuestra libertad no solo de decidir, sino de pensar. Ya nos lavan la cabeza con facilidad sin chip, imagínate con él.

»¿Qué pasó hace miles de años con ciertos hombres? La discriminación es el resultado de la táctica del acosador. ¿No sintieron miedo de las mujeres por traer hijos al mundo y, como buenos acosadores, hicieron que todo lo relacionado con la fertilidad y sexualidad de la mujer fuese repudiado? Hasta las mujeres nos creímos esa historia. Igual que en el patio del colegio el tonto convence a otros tontos de que los inteligentes son aburridos y débiles. Ellos, los que sienten envidia, también sienten miedo, y el miedo es un combustible fenomenal para seguir una premisa sin cuestionarla. Fanatismo. La táctica del acosador es hacerte creer que tu punto fuerte es tu punto débil. El acosador cambia las reglas del juego en cuanto ve que va perdiendo, o deja de jugar alegando que esa actividad no era tan divertida después de todo. El acosador tiene el virus del miedo y lucha por contagiarlo.

»Imagina que el acosador puede incluir algoritmos en el chip que te hagan creer que una mujer siempre tendrá un rol específico y por eso tiene que quedarse en casa teniendo y cuidando hijos. Imagina que el algoritmo nos hace creer que tenemos que hacer lo que sea para cumplir un estándar de belleza. Imagina que el algoritmo te convence de que la piel blanca es sinónimo de pureza y que cuanto más oscura es tu piel, menos derechos tienes. Imagina el acosador que odia al colectivo LGBT+. Imagínate que ve defectuoso a quien ha perdido la vista, un miembro, un cromosoma, a quien es neurológicamente diverso. Ese acosador podría poner en vigor la esclavitud, podría dictar que un porcentaje de las niñas deben acabar en un burdel. Podría hacer de todo. ¿Y quiénes le habríamos dado ese poder? ¡Nosotros!

Ryk permaneció en silencio unos segundos más. Carla se veía exaltada.

—¿Podría...? ¿Podría ser al revés? —preguntó Ryk—. ¿Las subpersonas podrían ser los cíborgs?

—¿A qué te refieres?

—Si imponen la implantación del chip, unos pocos podrían conservar su integridad cognitiva y hacer creer a los cíborgs que valen menos, aunque sean, en realidad, una versión ampliada, actualizada, del *Homo sapiens*.

—Bingo —respondió Carla.

***

¿En serio no lo entendéis? ¡Está clarísimo! Ya no importaba quién fueses, tenías motivos para tener miedo. Ibas a poder elegir si te implantaban la cibermemoria o no, pero no sabías cuáles iban a ser las reglas del juego con el paso de los años. Sin democracia ni derechos sociales, en un ambiente puramente económico, en teoría, sería muy fácil discriminar. Además, sería legal. Lo único que importaría serían los resultados, cómo de productivo ibas a ser. Nadie se paró a pensar en que hacen falta recursos para obtener dichos resultados. Siempre habrá quien tenga poder y no piense en la economía, sino en cómo herir a aquellos a los que teme, formalizando la discriminación a través de su poder.

Carla y yo luchamos a favor de los medios de comunicación independientes, libres, los que no vivían de la propaganda. Ella dio la cara, yo investigaba en secreto. Carla ya estaba fichada, yo no. Por eso yo estoy aquí, y ella no. La propaganda ganó.

Me uní a Ryk y a Carla cuando se consolidó el monopolio de los medios de comunicación. La familia fue el primer tema de esta unificada fuente de información. Se aleccionaba sobre la importancia de que la madre pasase tiempo con sus hijos. Las imágenes de familias sonrientes se multiplicaban en las redes sociales, en las películas y en las series. Cada vez más jóvenes, más blancos, más heterosexuales. La representación de la diversidad de la población fue desapareciendo, y la frustración de Melina crecía en proporción similar. Su sueño de tener una familia, una casa, se iba alejando cada día.

Mis dolores de cabeza no mejoraron con el chip nuevo, seguían haciendo de mi rutina un calvario. Me ponía de un mal humor constante que no me dejaba disfrutar de nada. Le pedí ayuda a Kleo otra vez, pero las opciones eran limitadas, podía tomar calmantes e ignorar el problema, lo que hacía la mayoría; podía aceptar que iba a tener que estar sin la cibermemoria una temporada y sufrir síndrome de abstinencia; o podía aguantar estoicamente los dolores.

Al principio se sentían como una pesadez, un cansancio constante en la frente. Con el tiempo, te acostumbras a no estar bien del todo, no le das la importancia que tiene, buscas excusas para aceptar tu estado como normal hasta que las cosas empeoran. Los dolores se me extendieron por toda la cabeza, empezaron a rozar el cuello. Nada me satisfacía. Kleo me insistía en que tomase las pastillas, que aumentara la dosis cuanto fuese necesario.

Entre jaquecas, me acordaba de Ryk. Él estaba convencido de que había una alternativa. Me ayudó a reunir los argumentos que yo me resistía a reconocer para que me llenase de valor y hablase con Melina. Ella adora su profesión, le dije. No sé por qué, no sé cuál es la satisfacción que saca de trabajar para Viarum que compense el daño que nos hacen sus políticas. Ryk tiene razón, me dije. Es hora de que le cuente a Melina el plan que ha ideado con Carla, pedirle que venga, que nos vayamos. Miré a mi alrededor. Dudé de si el peligro era real. Yo nunca había conocido a nadie que se hubiese exiliado. El concepto me resultaba arcaico. ¿Cómo se iban a complicar tanto las cosas? ¿Nos iba a traicionar el gobierno? ¿No sería mejor adaptarse a la nueva realidad y ya? ¿No es mejor saber lo que vas a perder que arriesgarte a ganar sin saber bien qué es eso que vas a ganar? ¿Sin estar segura de todo lo demás que puedes perder?

Mel, ¿qué vamos a hacer? Esto tiene mala pinta. Cariño, ¿me oyes? Háblame. Melina se quedaba en blanco, yo me preguntaba si era el chip. No a todo el mundo le producía dolores de cabeza, no todos los cerebros reaccionan igual ante el estímulo constante. Cada vez era más común que la gente te mirase sin hacerte caso, mientras que su atención se iba de paseo por internet y tus palabras se desvanecían. No sé, Xía, ven. Melina me cogió de la mano, me llevó al salón. Me dijo que me sentara, que intentase relajarme. Voy a pedir comida, una mariscada de las que tanto te gustan y vamos a abrir una botella del mejor vino que tenemos en casa. Vamos a cogernos este fin de semana de vacaciones. Solo tú y yo.

Hacía años que no tenía la atención de Melina toda para mí. Me fui a la ducha mientras esperábamos la comida, Melina llenó la habitación de las velas, bombones y flores que había encargado, no solo había pedido comida. Nos arreglamos como si fuese una cita. Comimos, hablamos, nos besamos como hacía años, con esa fuerza, con la libertad de sentir que no quieres estar en ningún otro lugar del mundo. Me volví a enamorar de ella esa noche y al día siguiente y al otro. Me volvió a besar durante horas sin dejarme de lado para terminar algún caso del trabajo, me volvió a ver sin que su mirada se perdiese. Estaba conmigo, presente, disfrutando de cada una de mis caricias, escuchando cada una de mis palabras.

Aquel fin de semana fue la mejor despedida que pude haber imaginado. Decidí irme con Ryk y Carla porque tenía que respetar los deseos de Melina. Ella quería permanecer en el barco, acabar en él si se hundía. Ella no quería buscar ninguna alternativa, y yo no podía aguantar quedarme atrapada en una realidad que me ahogaba, que sacaba lo peor de mí. Fue por amor por lo que decidimos coger rumbos diferentes, por amor y por respeto.

Xía fue la primera en tomar la decisión de irse. Xía confiaba en Ryk. Yo no, pero confiaba en ella. Poco a poco fui confiando más y más en Carla, que era analítica, metódica, no una loca —como a veces me parecía Ryk—; había una base sólida detrás de sus argumentos. Carla tenía la costumbre de aprender de sus errores y eso me daba seguridad. Revisó a mi lado la entrevista que le había hecho a Agrotech meses antes. Comentó que los nervios le habían hecho formular las preguntas incorrectas y que se notaba que quería hacerles quedar bien. Me gustó que aceptara la culpa sin esconderse. También me dijo que el objetivo de Agrotech era monopolizar los cultivos, las semillas y la venta de maquinaria agrícola.

Carla estaba obsesionada con el concepto de monopolio y con su efecto en la sociedad. Si se establece un monopolio, ¿qué opciones tiene la ciudadanía? Hizo un segundo vídeo sobre Agrotech que le costó una tercera parte de sus patrocinadores. La empresa se puso en contacto con ella para que lo eliminase, se retractase y accediese a que, desde entonces, cada vídeo en el que nombrase a Agrotech tendría que ser aprobado por su Departamento de Comunicación. Carla les respondió que necesitaba pensárselo... Claro que no se lo iba a pensar. Veréis, ella necesitaba que el vídeo circulase todo el tiempo posible, pero sabía que su contenido sería interpretado por sus patrocinadores como una amenaza. Si Carla se cambiaba de bando, iban a desacreditarla y a hacer que la gente se olvidase de ella usando a otros *influencers* con el mensaje correcto. Carla recibió ultimátum tras ultimátum de gran parte de sus benefactores entre la emisión de ese vídeo y el siguiente. Ella les dio largas.

Y por encima de todo eso, hubo un cambio en el perfil de sus seguidores, además de mucho odio en solo cuestión de horas. Así de grande era su influencia y la polémica que desató al acusar a Agrotech del monopolio de las semillas. Decía que cómo íbamos a permitir que la posibilidad de crear alimentos estuviera bajo el control exclusivo de una sola empresa. Agrotech respondió recordándole a Carla que los mercados son los que más saben, que ellos habían conseguido hacer la agricultura accesible y que la empresa en realidad se preocupaba por que la agricultura fuese una profesión beneficiosa para los agricultores. Las semillas habían comenzado a patentarse décadas antes, ¿acaso Carla no estaba enterada de lo que la legislación permitía?

Pero ella ya no quería seguir siendo parte de un sistema que no iba por buen camino.

Cuando Xía y yo nos unimos a Carla y a Ryk, ellos ya habían comenzado con su plan de periodismo de calle. Empezaron por la raíz. ¿Qué ha sido de Colubris de Laximtoc? Ese fue el título del vídeo que hicieron para darle un repaso a la actualidad del pueblo modelo del neoliberalismo capital. Comenzaron con los pros. Carla hacía bien en no empezar a la defensiva. Hizo una descripción justa de la situación. Encontraron casos de corrupción... Claro que ya no era corrupción en cuanto a su legalidad, porque poco a poco se iban modificando los márgenes de lo que estaba permitido.

En fin, ni a Carla —ni a sus seguidores— les fue difícil sumar dos más dos. Las privatizaciones se estaban convirtiendo en monopolios: una empresa por cada sector, incluso los sectores que anteriormente concernían al Estado...

No. Desde mi punto de vista, sus vídeos eran cada vez más críticos. Intentaban disimular sus opiniones personales y sus miedos... Era Carla. Sí. Era ella quien daba la cara en los vídeos porque ya tenía un perfil de peso en las redes sociales, mientras que Ryk era una persona normal y corriente. Correcto. Lo habéis entendido muy bien. A partir de aquel vídeo sobre Agrotech, los contenidos y conexiones de Carla en ShareMood se trasladaron de un extremo del espectro hacia el otro, pasando poco tiempo en el centro. Sus patrocinadores le advertían de que sus servicios de *influencer* estaban dejando de ser de interés y cesaron los patrocinios. Meses más tarde, Carla comenzó a recibir amenazas disfrazadas de consejos.

Sí, yo también me hice esa pregunta, también seguía teniendo esa duda y por eso se lo volví a preguntar a Carla. Me dijo algo así como que si yo pensaba que se odiaba tanto a sí misma como para sabotear su vida. Pero no lo dijo en serio, porque me sonrió. Luego me dijo que se sentía responsable. Le había hecho publicidad gratis a un sistema que se estaba comiendo las libertades del país. Había llegado a decir que lo importante era el dinero contante y sonante en las manos. El presente. Vivir sin pensar en las consecuencias, en el futuro, en los demás, vivir a lo loco. Convirtió eso en cordura. Eso era lo que Carla estaba promoviendo.

Mientras me contaba todo esto, fue perdiendo poco a poco la tranquilidad. Solía morderse las uñas cuando se encontraba nerviosa. Me dijo que era la ansiedad, incluso sentía retortijones en el estómago. Me confesó que le habría gustado retroceder en el tiempo. ¿Actuarías diferente si te volvieses a encontrar en la misma situación?, le pregunté. Me contestó que no lo sabía con certeza porque cuando comenzó con el canal estaba sin trabajo y sin dinero, se endeudaba, le faltaba nada para caer en una depresión muy peligrosa. No sentía que nadie la entendiese, al contrario, sentía que todos la culpaban por no haber tomado decisiones más prácticas o egoístas. Cuando tomó esas decisiones, empezó a hacer dinero. Tenían razón. Pero lo que deseaba era estar en el lado correcto, no en el lado ganador, por más que le jodiera dejar el círculo de los que tenían poder, de los que importaban en nuestra sociedad, pero le importaba más la justicia y la democracia. Al sistema que tanto le había fallado, ella no le iba a fallar.

Poco después, Xía y Ryk me contaron que Carla había tenido una crisis y que no sabían cómo ayudarla. Entendí lo difícil que resultaba para ella escoger el lado correcto día tras día. Pero Ryk temía que Carla, al final, ya no pudiese escoger, que decidiese dejarlo todo, hasta la vida, por no tener que ser parte del problema o quedarse sin salida. Ryk veía cómo el alma de su amiga se iba secando a través de sus ojos húmedos. Veía cómo la culpa le quitaba espacio a sus ideas y ganas de acción. Quería animarla, obligarla a que no se rindiese. Había conseguido tanta influencia una vez que podría hacerlo de nuevo, decía él, pero Carla le recordaba que antes había escogido remar con el viento a favor, y que ir a contracorriente era más difícil, que no iban a conseguir apoyo económico. Ryk le decía que tuviera fe... Sí, lo habéis oído bien. Fe. La fe estaba pasada de moda, pero la religión estaba intentando volver al poder, y ¿qué mejor manera que a través del lenguaje?

Al menos no nos han quitado las palabras del todo. A lo mejor deberíamos empezar por ahí, le sugerí a Xía. Si hablamos de la belleza del lenguaje, no vamos a asustar a nadie. ¿Y a quién le importa la belleza de las palabras?, me preguntó demostrándome que cada vez que la recogía, volvía a tirar la toalla. Tenemos que empezar por algún lado, le dije, y concluí con las palabras de Ryk. Ten fe.

Cogí a Zulia del brazo nada más salir del interrogatorio.

—Hay algo que no entiendo —le dije—. Hablan de Carla como si fuese de otra generación. Antes de la cibermemoria era ya adulta, pero Xía era una cría, ¿o me equivoco?

Zulia me miró sin rastro de sorpresa.

—Nada nos indica que Carla no tenga sesenta o setenta años, ¿no?

—Sí, tienes razón, pero hay algo que no encaja —insistí.

—¿Y qué es?

—No, no lo sé... aún.

—Estás esperando que todo el mundo sea de tu edad, por eso no te cuadran las cosas, novata.

Intentó alejarse, pero la detuve por la muñeca.

—Escúchame. Hay algo que no encaja. No logro expresarlo, pero hay algo... ¿Cómo vamos a contrastar lo que nos están diciendo? ¿Cómo saber si es verdad o es una mentira bien pensada? No deberíamos... ¿No deberíamos ir a la República Productiva para contrastar los datos?

—¿Ir? ¿Quiénes? ¿Tú y yo? —Estuvo a punto de reír.

Enrojecí.

—Se ha intentado hacer antes —prosiguió.

—¿Y?

—Tienen a sus ciudadanos tan controlados que es imposible una infiltración de este tipo. Tú y yo no podríamos sobrevivir ahí sin un chip. —Entonces fue su mano la que apretó mi muñeca y me obligó a soltarla. Tenía el semblante más serio de lo habitual y pensé que me diría algo más. Sin embargo, se alejó.

Regresé a mi escritorio enfadada y avergonzada. Después del interrogatorio sobre Carla estaba un poco perdida. No sabía cómo ayudar a Zulia ni la manera de mostrarle mi potencial como investigadora. Me frustraba que no quisiera escucharme al respecto de la edad de Carla. Y me frustraba aún más notar lo idealizado que yo tenía al país vecino. ¿Cómo aceptar que hubiese gente que no quisiera vivir allí? Estaba cayendo en la trampa de mis prejuicios. La misma que le critiqué a Zulia al principio.

La historia de Carla me había erizado la piel. Empatizaba con ella. Podía ver a través de sus ojos lo mal que lo estaban haciendo las empresas que nombraba. No podía evitar imaginarme a los habitantes de la República Productiva como cautivos de grandes poderes económicos que controlaban cada uno de sus movimientos. Una prisión digital. ¿Eran personajes atrapados en un programa donde otras mentes escribían y dirigían sus días? ¿Marionetas de la productividad?

Enfadada todavía, saqué mi libreta y repasé mis apuntes. Había hecho retratos de los interrogados en tiempos muertos como aquel. Mientras tenía en mente el recuerdo del tono de voz de cada uno de ellos y su lenguaje corporal, dibujaba sus rostros con esmero. Xía y Kleo compartían la nariz redondeada, mientras que la de Ryk se perfilaba como la cumbre de una montaña. Xía y Kleo también compartían el rostro redondeado, el pelo oscuro, más aún que los ojos. Sus sonrisas las diferenciaban. La de Xía no salía fácil, pero cuando lo hacía se veía avergonzada. Tal vez porque sentía que hablaba de más sobre sus padres o Melina, que daba más detalles de los que esperábamos. Al hablar de Kleo o de Ryk se tornaba seria. A la sonrisa de Kleo solía acompañarla una risita nerviosa. Era la que más incómoda se veía en los interrogatorios, aunque intentase disimularlo con un lenguaje profesional. Ryk reía mucho y daba miedo a veces, cuando su risa se tornaba histérica. Había alcanzado su meta, eso le hacía feliz. Parecía sentirse tranquilo en el interrogatorio. Lo normal era que las personas se pusiesen un poco nerviosas cuando una detective te acribilla a preguntas. Era culpa de la ficción que hacía creer a la ciudadanía que los investigadores íbamos por ahí haciendo trampa, buscando la forma de que la gente meta la pata. Así no funcionaban las cosas en el país. Desde que comenzaron las catástrofes climáticas no teníamos la intención de complicarnos la vida con casos sin relevancia.

Ryk no está satisfecho, pensé después. Había pena en sus ojos cuando hablaba de Carla, incluso había llorado. Que no estuviese con ellos le dolía. Todavía no nos había contado qué le había pasado. ¿Estaba listo para hacerlo? A veces me daba la sensación de que Ryk daba vueltas alrededor de un pozo con la esperanza de no tener que mirar dentro. ¿Y yo...? ¿Yo estaba lista para mirar dentro?

—Queremos que nos cuenten la historia paso a paso. No vamos a apresurarlos. Los detalles son lo importante. Queremos saber qué pasó y cómo, qué sentían, qué los llevó a pensar que al cruzar la frontera todo sería mejor —me había dicho Zulia.

Conforme pasaba el tiempo, más me convencía de que el interés de mi superior por entender cómo era vivir en la República Productiva iba más allá del caso en concreto o de los tres individuos. ¿Había recibido órdenes de las que yo no tenía idea? Estaba claro que intentábamos recopilar datos. ¿Tal vez para cotejarlos con las imágenes que nos llegaban de la República Productiva? Desde que cerraron sus fronteras, la comunidad internacional luchaba por saber qué pasaba en el interior del país. Había rumores, pero solo eso. ¿Corroborarlos o desmentirlos era nuestro objetivo final? ¿No nos importaban Xía, Ryk o Kleo, tan solo queríamos drenarlos de información?

Seguí revisando mi libreta. Entre palabras y trazos, encontré los ojos de Xía. Había arrepentimiento en ellos. ¿Por haber hecho el viaje o por haberlo hecho sin Melina? ¿Por qué se había marchado sola si el problema era la legalidad de su relación? ¿No se marchó demasiado pronto? ¿Qué la llevó a tomar esa decisión sola? Subrayé aquellas preguntas y, mientras lo hacía, pensé de nuevo en el tema de las edades. Todos tenían la piel tersa, como si fuesen todavía infantes, sin las marcas de la adolescencia, no aparentaban haber sufrido nunca. Obviamente no era la tez que acostumbrábamos a ver en un grupo de refugiados. La República Productiva se caracterizaba por una gran homogeneidad en el color de la piel de sus habitantes y, en general, en su aspecto físico; era como si todos estuviesen emparentados y llevasen el mismo estilo de vida. Sentí la necesidad de mirar mi propio rostro capturado por la cámara delantera del móvil. El estrés y el cansancio estaban dejando su marca. Era difícil ver las caras de Ryk, Xía y Kleo y no pensar en la inteligencia artificial, en las máquinas que no envejecen. De lo que nos hace humanos, ¿qué será lo que se recree en último lugar? La vista, el oído eran fáciles de sustituir. El olfato un poco más complicado, y una vez que lo consigan, el gusto será lo siguiente. Pero ¿y el tacto qué?... Con lo importante que era la piel.

Repasé la muñeca con los dedos. Sentía la presión de los dedos de Zulia. Imaginé esa presión en otros escenarios. Sus manos aferrando las mías contra la cama. Volví a avergonzarme, y a enfadarme, tenía que concentrarme en mi trabajo. Pero mi mente regresó una y otra vez a esas fantasías. La piel. Las máquinas. Las máquinas serían sirvientes, no necesitarían una piel, ¿o sí?

Me gusta tocarte,
cogerte de la mano,
sentir que estás aquí, conmigo.

Me gusta besarte,
hacerte cosquillas con los labios,
sentir que estás aquí, conmigo.

Me gusta olerte,
recorrer tu piel y llenarme de ti,
sentir que estás aquí, conmigo.

Me gusta apretarte,
sentir que te rodeo con los brazos,
sentir que estás aquí, conmigo.

Me acerqué a Zulia sorprendida de que no me hubiese indicado que debíamos seguir con el interrogatorio.

—¿Esta colección de tazas significa algo? —le pregunté señalando todas las que había sobre su escritorio.

—Pesadillas de nuevo. Me provocan dolores de cabeza, pero no es nada serio.

—Siempre me dices que no es nada serio. Eso me hace pensar lo contrario.

—Piensa lo que quieras.

Estaba de mal humor, así que cambié el tono.

—¿Quieres más café antes de ponernos manos a la obra?

—No, ya lo hago yo.

De todas formas, la acompañé a la cocina. Se tomó una pastilla y fingió animarse.

—¿A quién interrogaremos ahora? —dije.

—A Xía. Tenemos que pedirle que retroceda unas semanas en su narración, quiero saber más sobre Melina.

Casas de dos pisos, con jardín. Abracé a Melina con vehemencia. Sabes que no está permitido, le recordé. Me suplicó con la mirada que no dijese esas cosas, pero era mi deber hacerle entender. Las casas son para las familias, tú y yo no podemos ser más que una pareja. Las parejas homosexuales no son una familia, sino solo parejas. Eso es lo que dice Viarum, ¿no? Con aquella última frase me pasé. No debí nombrar específicamente a la empresa para la que ella trabajaba, pero estaba tan frustrada.

Melina ganaba mucho dinero porque trabajaba para la compañía principal del país, la que lo había comprado. Eso le daba muchos beneficios extra, hasta derechos que no tenemos las demás, por eso creía que siempre iba a conseguir que hiciesen una excepción con ella. Estaba luchando para que nos dejasen adoptar, que nos permitieran tener una familia, como sus padres que, aun siendo dos hombres, pudieron adoptar. Ella creció rodeada de activismo y de banderas arcoíris. Cuando los avances se paralizaron, para luego comenzar a retroceder, cayó en una depresión muy grande. Tenía solo dieciséis años. Las dos hemos tenido episodios de depresión, y seguro que alguna otra enfermedad mental de la que ni siquiera sabemos. Es el pan nuestro de cada día en la República Productiva.

Cariño, no te empeñes en lo que no puede ser, seguí insistiendo en recordarle nuestras limitaciones. Hay que cambiar el mundo, Xía, me contestó. Es nuestro deber. Yo quiero tener una casa con jardín y quiero ser madre, y lo voy a conseguir como he conseguido todo lo que he querido en esta vida. Aunque no cambien las leyes, siempre habrá excepciones, y yo quiero ser una de ellas. Deberías apoyarme.

No sé de dónde sacaba Melina tanta fuerza. Una vez me dijo que era porque ella sabía lo que quería y yo no. Me enfadé, pero tenía razón, no sé qué quiero, ni qué es lo que me importa en esta vida, solo la vivo por vivirla, porque ya que estoy aquí...

Aquel día que me fui sin cibermemoria desde Asalus a casa, me di cuenta de que Melina no volvería nunca más a las trincheras, al activismo, había escogido bando y dentro de lo que cabía era feliz.

***

—Tienes a todo el mundo preocupado.

—¿Por qué?

—Porque no estás conectada. Tu última entrada fue que estabas en Asalus. Me han llegado mensajes preguntando por ti.

—Solo llevo un par de horas desconectada.

—Lo dices como si fuese poco. Ya sabes que a los cuarenta y cinco minutos la gente ya piensa lo peor.

—Eso es desde que puedes conectar tu actividad cerebral al dormir. Voy a desactivar esa función. Es una mierda.

—Sí, hay muchas personas que la están desactivando. Yo también debería, pero, bueno, que no debes andar por ahí desconectada tanto tiempo, ¿vale? O por lo menos, avísame antes, para que no me contagien la preocupación todos tus seguidores.

—Estaba pensando en volver a la universidad.

—¿En serio?

—Sí.

—Xía, no lo hagas por dinero. Hay formas más fáciles.

—¿*Influencer*?

—Pues sí. Sabes un montón de cosas curiosas, cuéntalas y te acabarán pagando.

—Todo el mundo prueba ese camino...

—Pero tú tienes un área de conocimiento que muy pocos comparten.

—Porque a la gente no le interesa la historia ni mucho menos la filosofía.

—No te me pongas negativa. Dedícale unas horas a ver qué surge.

***

Melina se dio cuenta de que me había cambiado la cara, sabía leerme a pesar de todo. Me senté en el sofá, bueno, me dejé caer, mi madre diría que me desplomé, porque mi cuerpo parecía no poder sostenerse solo, o quizás es que mi mente ya no sabía qué hacer con él. Melina apagó la proyección, creo que hasta se desconectó. Se sentó a mi lado, me dio la mano. Eres muy inteligente, pero tienes que aprender a tomar decisiones prácticas, la vida no es solo teoría, dijo. Le pregunté si las decisiones debían también ser valientes. No sé si valientes, pero menos pensadas, menos simbólicas. La vida es práctica. Es simple.

Melina y yo teníamos nuestros problemas, pero ¿y quién no? Lo he comentado con Kleo muchas veces, ella y su marido estaban aún peor, Kleo me dijo que les faltaba intimidad. Al principio no entendí a qué se refería porque creo que se me había olvidado el concepto de tener ese espacio de serenidad y presencia conmigo misma o con Melina. Sí, por un momento pensé que se refería al sexo, pero la forma en que lo describió me hizo entender que era algo más.

Es como si hubiese perdido conexión con mi cuerpo, me dijo. Es como si ya no supiese sentir. Solo actúo por impulso, por reacción al qué dirán. Es como si hubiésemos vuelto a esas épocas pasadas cuando lo que más valía era lo que los vecinos y la familia pensasen de ti.

¿Dejó alguna vez de ser así?, pregunté. Sí, de ahí nos viene el individualismo. Pero bueno, eso, que no siento. Creo que a él le pasa igual.

Y a nosotras también. Hay tanto en qué pensar, le dije.

Y tanto que hacer. Hay que rendir cuentas de todo. Estoy harta de rendirle cuentas al mundo entero de lo que hago con cada minuto de mi vida. No aguanto más.

Me hubiese gustado abrazarla, pero no sabía bien cómo, le quería mandar un abrazo virtual, con efectos, pero eso hubiese sido irónico. Así que, sin saber bien qué hacer, me quedé mirando al suelo. Kleo y yo también habíamos perdido la intimidad que una vez tuvimos. La intimidad necesaria para hablar de sueños y miedos, para permitirse ser vulnerable.

El nivel de producción que llevamos nos cuesta la intimidad porque no hay tiempo para alcanzar ese estado de tranquilidad sin que te interrumpan. Ya no hay tiempo para pasarlo con la pareja, no si quieres mantener y sumar puntos. Somos parte del país y de todas sus empresas. Somos el ejemplo de la productividad. Tenemos tanta tecnología, los robots hacen muchos de nuestros trabajos, pero tenemos menos tiempo libre que generaciones anteriores. No hay tiempo para que las familias y las parejas hablen, se relacionen, a no ser que puedas compartirlo en una transmisión en vivo en ShareMood, o quizás en una emotiva entrada a la cual le dedicaste más tiempo que al propio momento que celebra. Y lo de escuchar para entender a la persona que habla se ha vuelto un concepto arcaico, idealista, poco práctico. A mi madre le gustaba pintar el sonido de los objetos, de la naturaleza. Ella me enseñó a escuchar y la importancia del silencio. Que Dios la tenga en la gloria. Ella no creía en Dios.

Kleo me contaba que ya no les unía nada. Solo el hijo que tenían en común.

Lo tuve muy joven, Xía. Me casé muy pronto. Nos peleamos por quién puede quedarse tarde en el trabajo, produciendo. Y

los fines de semana los dos queremos nuestro espacio para poder vivir, consumir como Dios manda, ninguno se quiere sacri-
ficar por estar con el peque.

¿Os vais a separar?, me atreví a preguntárselo.

Sabes que no está bien visto. Afectaría al niño a la hora de
escoger universidad, y sin buenos estudios ¿cómo va a conver-
tirse en un hombre productivo?

Me sorprendió escuchar sobre la cantidad de enfermedades mentales que había en el país vecino. Pero aún más, la normalidad con que sus habitantes aceptaban esa realidad. Antes de comenzar con los interrogatorios, yo esperaba deseosa que los BrainOn llegasen al país y que legalizasen su implantación. La noción era tan futurista que me embobaba la idea de ser parte de esa forma de experimentar el mundo. Escuchar sobre la abundancia de problemas mentales me estaba haciendo cambiar de opinión.

Por otro lado, Zulia se mostraba cada vez más distante conmigo. Su forma de realizar los interrogatorios era más seria y ensimismada. Al principio, había escuchado con una sonrisa prepotente, como esperando que su interlocutor dejase de hablar para poder contestarle. Durante el último interrogatorio, Zulia había mirado con demasiada intensidad a Xía.

—Anota todo lo que puedas —me recordó.

Normalmente, ella se fiaba de una grabadora y de sus apuntes. Por eso su excesivo interés en mis notas me sorprendió.

Cuando terminamos y le enseñé lo que había apuntado, me dijo:

—Me has impresionado, novata. Te felicito. Lo anotas todo como si pudieras entender la forma en que se dice cada palabra.

—Te dije que mis notas te facilitarían el trabajo.

—Y llevabas razón. Tendría mucho que hacer después de cada interrogatorio si no tuviera tu material adicional. Así me queda más tiempo para el análisis y para preparar las preguntas siguientes y armar este rompecabezas.

—Debemos comenzar a cerrar los interrogatorios para que la abogada tramite la petición de asilo —dijo después.

—¿Es la misma abogada para los tres? —pregunté.

—Sí. Incluso está dispuesta a hacerlo gratis. Le interesa mucho el caso.

—¿Pero... les hace falta?

—Les vendrá bien una especialista.

Se marchó a su escritorio mientras yo pensaba en lo bien que habían escogido nombre e iniciales: República Neoliberal Capitalista de Productividad. RNCP. Tan largo y poco amable a la memoria que se acortaba hasta República Productiva. Qué bonito, y qué fácil que todos los demás países, repúblicas o no, se tengan que considerar menos productivos en comparación. Hasta aquel momento, no me había parado a pensar por qué admiraba tanto la República Productiva. ¿Nos habían inoculado un complejo de inferioridad?

¿Lo peor? Creo que trabajar en Asalus cambió mi perspectiva sobre los medicamentos y eso fue lo peor. Las farmacéuticas querían que recomendase sus productos, así que me regalaban muestras y me daban descuentos. Comencé con suplementos alimenticios, como la mayoría. Luego tranquilizantes para dormir y estimulantes para tener más energía y concentración en el trabajo. Pero nada de eso se comparaba con la cápsula de la paciencia...

No bromeo. Existe una cápsula que aumenta tus niveles de paciencia. Empecé a tomarla con precaución, porque los efectos secundarios tenían muy mala fama. No llegué a experimentarlos, pero existe la teoría que dice que no te das cuenta de los efectos negativos porque ha aumentado tu paciencia. Es la cápsula perfecta. La droga más eficiente del mundo.

Al principio solo tomaba media dosis al comenzar la jornada laboral y media al terminarla. Entre trabajo y casa, iba a buscar a mi hijo al colegio. Lo esperaba en el aparcamiento, me aseguraba de llegar un poco antes que otras madres para poder coger un buen sitio, así mi niño me ubicaba sin mayor problema. Normalmente se subía al coche inmerso en algún vídeo. Entonces yo seguía los pasos que me había recomendado la psicóloga: lo miraba, le sonreía, le preguntaba cómo le había ido en el colegio mostrándole el mayor interés del mundo. Aunque no me contestase, aunque siguiese con los ojos pegados a la pantalla, aun así, yo seguía las instrucciones al pie de la letra. A veces, me respondía con un enlace para que viese los puntos destacados del día en el vídeo preparado por sus docentes.

No. Cuando Xía y yo éramos niñas no había videorresúmenes, había conversaciones. Mi madre me preguntaba qué tal en el colegio, cada día. Yo le contaba que las Artes Plásticas me encantaban, pero que se me daba mejor la Geografía. Recuerdo mi entusiasmo al hablarle del aumento en el número de lenguas extranjeras a elegir. También le hablaba sobre mi profesora favorita, la de Matemáticas. La maestra lo explicaba todo de una manera que era fácil aprender con ella.

Parece que hubiese pasado una eternidad desde entonces. Mi hijo no tiene docentes con diferentes especialidades, tiene un par de pedagogos e internet, allí encuentran los recursos alineados con el programa de estudio.

Cuando mi hijo y yo llegábamos al piso, se separaban nuestros caminos. Cada uno a su rutina. Solía llevarme trabajo a casa porque era lo que se esperaba de mí. Así demostraba que mi productividad era la prioridad. Después de un par de horas de trabajo, me daba por satisfecha. Solía ponerme una película, tomar una copa de vino y pedir comida por internet. Algo sano, una lasaña vegetariana, que no traía pasta, era todo verduras. ¿Mi marido? Solía llegar sobre la hora de la cena. Yo no lo esperaba ni para decidir qué comer ni para empezar a poner la mesa. No era de extrañar que llegase hablando de trabajo con algún colega. Nuestros intercambios se limitaban a saludarnos con cortesía... No nos odiábamos. O eso quiero pensar. Creo que dejamos de importarnos. Cuando él estaba en casa, asistía a alguna videoconferencia. Yo prefería dar por hecho que eran llamadas de trabajo. Tampoco es que me importase que me fuera infiel. Yo lo era...

Pero sí, había días en los que no lo soportaba. Parecía que siempre estaba en el medio, estorbando. A veces, era como si los metros cuadrados en los que vivíamos empequeñecieran en cuanto él cruzaba el umbral. Sin embargo, una parte de mí seguía preparando la mesa para tres, cada noche igual, intentando que cenásemos juntos en lugar de que cada uno se sentase delante de una pantalla y engullera sin prestar atención a nadie. Mi marido decía que empezásemos nosotros, que él estaba ocupado. Como he dicho, a mí me era indiferente, pero la psicóloga había dicho que el niño necesitaba a su padre.

Ambos se llaman Ray. Fue mala idea ponerle ese nombre a mi hijo. Lo que siento por un Ray y por el otro es muy diferente. No sé por qué accedí. Mi marido dijo que era importante para él, que ya se había hecho a la idea nada más saber que íbamos a tener un niño.

Vivíamos en un piso, pero aun así tenía que mandarle un mensaje al niño para que fuese al comedor. El chip te engaña. Cuando Ray, mi hijo, no mi marido, venía sonriendo hacia mí, a veces creía que era porque se alegraba de verme, para luego descubrir que era por algo que estaba viendo, o alguien con quien estaba hablando o jugando. Con la cibermemoria activada, físicamente estás en un lugar, pero desde afuera es difícil saber dónde está tu atención. No era raro que nos sentásemos a la mesa y que cada cual se pusiese a lo suyo con su chip. Él proyectaba su juego en la pared detrás de mí y yo, sentada frente a él, proyectaba mi película a sus espaldas. Al menos así no era un secreto que cada uno se entretenía a su gusto. Se podría decir que se creaba la oportunidad de que yo comentase la película, y él, el juego. Y es lo normal. Lo hace todo el mundo, no debería parecerme soso y mal como me parece ahora mientras os lo cuento.

Sentados a la misma mesa, compartíamos una cena llena de olores, sabores y texturas en las que probablemente no reparábamos porque el cerebro no puede hacer bien dos cosas a la vez. Las pantallas devoraban nuestra atención. Nos convirtieron en zombis que, sentados la una frente al otro, con una sonrisa él y con labios que se movían ligeramente yo —me sabía los diálogos de la película de memoria—, parecía que estuviésemos teniendo una conversación.

Al principio, me esforzaba para que compartiésemos algo más que el espacio físico. Quería que tuviésemos un rato al día dedicado a compartir ese espacio mental colonizado por la cibermemoria...

No. No puedes desconectarlo. Lo pones en no molestar, pero te siguen llegando avisos, difuminados y sin sonido. Te distraen. Es como si siempre se estuviesen peleando por tu atención. Llegó un punto en que me rendí. Mi relación con mi marido iba de mal en peor. Me ponía muy tensa estar a su lado mucho rato, intentando mantener una conversación y convivir como pareja. En la terapia nos recomendaron que nos alejáramos un tiempo para ver si podíamos reencontrarnos. No nos ayudó, pero tuvimos que fingir que sí... Porque si no iba a quedar registrado que no éramos una pareja estable y que nuestra familia corría el riesgo de desintegrarse. No queríamos perjudicar a nuestro hijo. Así que aparentábamos que nos queríamos en eventos sociales y familiares, seguimos viviendo en la misma casa, pero ya no había ninguna relación de intimidad. Pensé que podríamos llegar a ser amigos, pero nunca lo habíamos sido. Fue ingenuo de mi parte pensar que esa era una posibilidad. Nos había unido un algoritmo y seguimos las etapas estándares de las relaciones románticas hasta casarnos y tener a nuestro hijo. Si las leyes no hubiesen cambiado, nos habríamos divorciado. Los tres hubiésemos sido más felices con un divorcio, pero la felicidad no es siempre lo más importante.

Me sentía triste. Vacía. Sola. Ponía comedias para que me hiciesen reír, pero no les prestaba atención. Tenía que ser productiva. Así que contestaba mensajes y correos mientras veía la película. Debía interactuar mientras me entretenía, como hacían todos. Debía olvidarme de mi realidad, pero sin perderla de vista. Comentaba fotos, mandaba corazones mientras los personajes de la película seguían intentando entretenerme sin éxito. Por eso ponía un largometraje de esos que me sabía de memoria, para engañar a mi propia atención.

Las pocas veces en que mi marido se dignaba a compartir el salón conmigo, nos sentábamos cada uno a un extremo del sofá. Me giraba y lo veía reírse, absorto en un vídeo mientras comía galletas directamente del paquete. Me parecía feo e inútil. Se estaba quedando estancado en la mediocridad, y me estaba arrastrando a mí con él. Yo habría podido llegar lejos si me hubiese rodeado de las personas adecuadas. Hasta me planteé hablar con Melina, ella tenía muy buenas conexiones; podría haberme especializado. Esa hubiese sido mi salida, mejorar mi nivel de productividad con un trabajo de más prestigio y divorciarme argumentando que mi marido no era productivo y que, por lo tanto, no compartíamos principios. Mejor aún si podía decir que había conocido a un hombre de mayor estatus social, preferiblemente también divorciado con quien crearía una familia nueva, mucho más productiva y neoliberal. Esa habría sido la tapadera perfecta. En algún momento al mirar a Ray me preguntaba si él también pensaba en cómo romper el pacto que teníamos. No, no creo que fuese tan listo ni tan ambicioso, pero por algún instante se me pasó por la cabeza. No sé qué vi en él. Era una chica joven, me dejé deslumbrar por su familia, parecían ser felices, exitosos, parecía que lo tenían todo.

¿Qué había logrado con todo eso? Nada. Ni siquiera tenía de qué hablar con mi hijo. No sabía qué tipo de persona era esa criatura. Si a mi madre o a mi padre les hubiesen dicho que yo me comportaba de determinada forma en el colegio o en casa de la abuela o con los primos, ellos habrían sabido si era cierto o no. Yo no puedo. No podría poner la mano en el fuego por mi propio hijo. Soy sincera, pero ¿sabéis cuántas personas pondrían la mano en el fuego por las apariencias, por fingir que su hijo es lo que quieren que sea?

Mucho cambió entre la generación de mis padres y la mía. Recuerdo ver en las noticias que habían tramitado la nueva ley que solo reconocía dos sexos. El género y el sexo biológico volvían a ser sinónimos después de tanto tiempo de creatividad insensata, ponía el artículo. Pensé en Xía, en Sur. Las cosas se estaban poniendo oscuras para todo lo que le quitase peso e importancia a la heteronormatividad, al matrimonio y a la familia. ¿Quién lo tendría peor, una lesbiana o una adúltera? Las infidelidades se pueden mantener en secreto, pensaba yo para consolarme. Pobre Xía.

Pero la nueva ley había creado mucha polémica. Eso era positivo. La gente no la aceptó sin más, pero ya veis, pasado el tiempo, gana el miedo. Tuve amistades transexuales años atrás, pero en el momento en que salió la noticia sobre la nueva legislación, no había nadie en mi círculo que pudiese verse afectado. La gente había vuelto al armario. Si tenías suficiente dinero, comprabas una limpieza de tu pasado *online* y ya está. Desaparecían las fotos, los vídeos. Claro que no es un secreto que lo que alguna vez estuvo en internet nunca se destruye. Las personas trans que han comprado esos servicios de limpieza de pasado, que se han endeudado para pagarlos, viven a sabiendas del riesgo de que se filtre algún vídeo, alguna foto, y su sexo biológico quede expuesto.

Cada vez que Zulia declaraba un interrogatorio por terminado, un gran peso caía sobre mí. Las narraciones eran tan auténticas como aterradoras. Proféticas. Sabíamos que el desarrollo tecnológico de la República Productiva era el futuro, pero no le habíamos temido hasta entonces.

Pensé en lo fácil que es creer que a los demás les va mejor. Pensé en mis padres. Los iba a visitar una vez por semana y consideraba que les hacía un favor. ¿Por qué? Por mi vida ajetreada, mi nuevo trabajo, mi proyecto a futuro. Las palabras de Kleo me hicieron darme cuenta de que esas visitas no eran un favor, sino un privilegio. Los daba por hecho cuando lo que tenía era suerte de que estuvieran cerca y los encontrara esperándome.

La soledad de Kleo me había erizado la piel. Xía parecía ser la única persona con la que ella contaba de verdad. ¿Había sido por Xía que Kleo pedía el asilo? ¿Por qué no huyó con Sur? Más importante aún, ¿por qué no huyó con su hijo? ¿Ya ni los hijos importaban en la República Productiva?

La comisaría comenzó a parecerme sucia, pequeña, descuidada. Había pensado que en algún punto la vería como un hogar, pero ahora dudaba de que eso fuese posible. Era un trabajo en el que me esforzaba, nadie me podía reprochar lo contrario, pero mis ambiciones con respecto a él se estaban diluyendo.

Alrededor todo era pálido, sin vida. ¿Cómo eran las comisarías en la República Productiva? ¿Seguían existiendo? No lo sabíamos. Sabíamos que las comunicaciones con los habitantes de la República Productiva estaban controladas. No sabemos por qué cerraron sus fronteras cuando lo hicieron, si la fecha llevaba tiempo planificada o si fue por algún evento interno.

Sucio. Mediocre. Mi entorno se veía así, incluso mi vida. ¿Qué era lo que esperaba de mi país? ¿Qué esperaba de mi trabajo? ¿Y de mí misma?

Resistí esa primera noche, pero al día siguiente, a primera hora, ya estaba en el consultorio de Kleo con la cibermemoria de última generación que Melina me había regalado la noche anterior. Así de rápido se me olvidó ese paseo lleno de libertad y revelaciones, y le permití a mi amiga introducirme en la cabeza un dispositivo que recogería más información sobre mi vida y mi rutina de la que yo nunca sería capaz de comprender. El panel estaba lleno de mensajes, de comentarios, de reacciones a mis fotos y vídeos más recientes. En ese momento, solo quería ver los efectos. Los hologramas. El tacto a cactus con el que siempre demuestran la calidad de transmisión de información al sentido que llena nuestra piel. Para el olfato, suelen usar la imagen de una taza de chocolate caliente. Yo buscaba imágenes, ponía vídeos, quería experimentar el mundo como solo se experimenta con esa tecnología. El olor a cuerda de guitarra. Aprendí a tocar instrumentos con la tableta de mi padre, y seguí con realidad virtual, pero nunca he tenido una guitarra en las manos. Mi padre me hablaba del olor a guitarra en los dedos, a las cuerdas de la guitarra.

Los ojos se me llenaban de estímulos y yo seguía haciendo clic desesperadamente, buscando de todo sin querer nada. Ya no sentía nada. Nada profundo, nada que me dejase sin aliento, pero no podía dejar de ver, de consumir vídeo y texto, imágenes, colores, sonidos, olores sintetizados. Y el tacto. Eso es lo mejor. ¿Quién me dice que esta realidad no es auténtica si yo la vivo, si la siento? El tacto. Sí, es limitado. Lo punzante es lo único que realmente han logrado replicar, no me preguntes por qué.

Decidí volver a tener quince años, correr con un pastor alemán por praderas de película, y estoy allí sin estarlo. ¿No es real? ¿Por qué no?

***

—Menuda diferencia, ¿a que sí?, Xía, ¿me oyes?

—Increíble, la resolución es... un milagro. Puedo tocar, puedo oler. Estoy en Berna.

—Vuelve aquí un rato, solo mientras termino el proceso de programación. ¿Cómo siguen los dolores de cabeza?

—Terribles.

—¿Tomas calmantes?

—Todos los días.

—¿Aun sin la cibermemoria? Te voy a mandar a un especialista.

—¿Por qué?

—Porque... porque eres mi amiga y prefiero ser una exagerada. Quiero saber que estás bien.

—¿Es el chip?

—Se han dado casos.

—Todos conocemos alguno.

—Bueno, no te pongas en lo peor, es por prevenir. Te voy a remitir a una amiga mía que es genial. Te lo cubrirá el seguro, ¿no?

—Sí, gracias al trabajo de Melina, no al mío precisamente.

—Venga, sube esos ánimos. Disfruta tu chip de última generación. Y de tu relación mientras la tengas.

***

Cómo pueden cambiar las cosas en cuestión de minutos. Llegué ilusionada, con mi BrainOn nuevo en su caja para que me lo instalasen, y una vez que lo tenía dentro de mí, me dijeron que a lo mejor ese artefacto me iba a matar. No me lo quitaron por si acaso, porque vivir sin cibermemoria es como no vivir, es como ser una persona de los países poco productivos. Así que me fui a casa con mi aparato de última generación en la cabeza, emitiendo señales que a lo mejor me estaban atontando o incapacitando las neuronas, pero se suponía que me iba contenta porque me iba viendo vídeos, fotos, comentarios... Orgullosa de que todos supiesen qué generación de BrainOn tenía entonces, disfrutando de todas sus funciones. ¿Qué más se puede pedir? Voy a matar a la gente de la envidia mientras el BrainOn me mata a mí, pensé.

Retomé un antiguo vicio, el alcohol. La capacidad de hacerse daño es una de las cosas que nos hace humanas. Un robot nunca lo haría, nunca sabotearía su bienestar, su éxito. Nunca experimentaría un trauma. Es más que humano, es animal, es primitivo. Y es social.

Me sentía triste, vacía, ya conocía esa sensación, la falta de sentido. Vida sin vida. Estaba tan al límite que quitarme el chip no debería costar un precio tan alto, pero no podía siquiera concebir la idea de perderlo, no ahora, no esa cibermemoria. Lo llevaba implantado, otra vez, aunque aquel paseo sin él hubiera sido tan revitalizador. No tenía el valor de vivir aislada, ¿y si pudiese convencer a Kleo para que me lo pusiera externo?, pensé. En teoría no se usa porque queda muy feo, además, solo hay un par de modelos que dan esa opción. Creo que poco a poco van a ser más comunes, al aumentar los efectos secundarios de la implantación. Claro, que eso sería una derrota para la evolución de nuestra tecnología.

Aquel momento marcó un antes y un después para mí. Ya no había sido el recuerdo subjetivo de un paseo sin chip, del bienestar que me proporcionó; tenía, además, un motivo de salud objetivo, rotundo. Esos dos factores, combinados, crearon una pequeña ventana, una salida de emergencia minúscula, un hueco por donde podía escapar de la adición.

***

—Melina, ven. Me gustaría hablar contigo.

—¿Qué ha pasado?

—Nada, al menos, no todavía. Kleo quiere que vaya a ver a una neuróloga amiga suya.

—¿Por qué?

—Por los dolores de cabeza.

—¿Cree que es la cibermemoria?

—No sería la primera persona a la que le pasa.

—Xía, puede que no sea nada. No te pongas en lo peor. Kleo es muy prudente.

—En cualquier caso, es probable que tenga que aceptar una vida de minusvalía sin el chip.

—No entiendo, si te acabo de regalar uno de última generación, ¿no te parece genial? ¿por qué quieres rechazar esa ventana al mundo? Hasta que la médica no diga lo contrario, no tienes por qué pensar que todo va a salir mal.

—Los chips hacen daño.

—Xía, estás cansada, mejor descansa y hablamos mañana.

—Estoy cansada de internet, de la dependencia que me genera.

—¿Quieres vivir sin internet?, pero, Xía...

—No, no del todo. Quiero poder decidir cuándo estoy en línea y cuándo estoy sola.

—¿Sola?

—Sí, a solas, y también me gustaría volver a estar a solas contigo. ¿Recuerdas cómo era antes?

—Éramos jóvenes. Era la edad.

***

No era la edad. Era la salud mental.

Zulia se sentó a mi lado con un bocadillo en la mano mientras con la otra trazaba círculos en los apuntes. Rodeó el nombre de Sur. En una nueva página, escribió Kleo y comenzó a unir su nombre al de Xía, al de Sur; el de Xía lo enlazó al de Melina y al de Ryk; y el de este, al de Carla. Luego me miró, pero era como si no me viese.

—¿Qué sabemos de la República Productiva? —preguntó.

Me sentí un poco nerviosa, como si estuviera a punto de responder la pregunta más difícil del examen más importante.

—Sabemos poca cosa —comencé, e intenté ordenar la información en mi cerebro—. Sabemos que tienen una medicina muy avanzada. Han encontrado la cura a varias enfermedades, pero no para el estrés o la depresión. Además, la primera causa de muerte es el suicidio.

»Dicen que la gente camina como zombis por las ciudades, leyendo mensajes, mirando fotos, escuchando voces de personas a las que no tocan ni ellas pueden tocarles. La realidad pasa casi desapercibida frente a ellos y hay episodios de desesperación como el de Rahl. Gritaba que se sentía mal en medio de la calle y pedía ayuda, pero la gente lo miraba con extrañeza, miedo y asco. Nadie hizo nada. Confiaban en que la policía se hiciese cargo. Rahl se lanzó a las vías del tren, la nave frenó automáticamente al detectar su cuerpo, pero el incidente causó retrasos y gastos. Los pasajeros se enfadaron con Rahl, que después de ver y escuchar la frustración de aquellas personas y cómo lo culpabilizaban, escapó de los paramédicos, corrió hasta el puente más cercano y se lanzó. Ese es el final oficial, pero algunos dicen que huyó de la República Productiva.

»Pero otros aseguran que los ciudadanos transmitieron el suicidio en vivo. Que en los vídeos llovieron los mensajes de apoyo y consuelo, para luego pasar al siguiente *trending topic*. El individualismo ha llegado a la cúspide.

»No he encontrado nada que lo corrobore, pero muchos insisten en que por eso la República Productiva se aisló.

Perdí el conocimiento. Me desperté en una cama de hospital. Melina se había quedado dormida en la cama para familiares. Mel, dije sin compasión por su sueño. Me sentía sola, tenía miedo. Mel. Por fin se despertó. Hacía años que no veía tanto amor en su mirada, con solo un par de movimientos, ya estaba de pie a mi lado. ¿Dónde está mi cibermemoria?, le pregunté.

No puedes llevarlo implantado. ¿Por los dolores de cabeza?, pregunté. Sí, no saben qué es, no todavía, pero se está haciendo común. ¿Me voy a morir?

No, Xía, claro que no, me sonrió con dulzura. ¿Estaría yo aquí sonriendo si fuese así? Dicen que básicamente es una adicción. Tu cuerpo no puede con los estímulos del chip. Es demasiado para ti.

¿Y entonces? Entonces vas a ser una romántica como siempre has querido y vivir con menos internet. ¿Cuántas horas al día sin internet? Lo vas a tener que ir viendo tú misma. He hablado con el seguro, estamos cubiertas. Va a ser duro, pero estamos protegidas económicamente, así que solo tienes que pensar en recuperarte.

Melina me dijo que le estaba contando sobre mis ganas de controlar cuánto tiempo pasaba en internet cuando me quejé de que me dolía la cabeza, dije que necesitaba sentarme, que me dolía mucho, poco después me desmayé. Yo no recuerdo nada de eso.

Tener una discapacidad es difícil. Al principio no sabes bien ni qué pensar. No poder usar internet te imposibilita trabajar, estudiar, comunicarte con la gente. ¿Qué piensan que voy a hacer todo el día? Vivir como se hacía antes..., pero nadie vive así ya. Melina seguía mirándome, sonriente, acariciándome la frente. Ella también pensó que me iba a morir, por eso ya no le parecía gran cosa que no llevase un chip implantado, pero a mí sí, porque ya no iba a ser yo quien decidiese cuándo estaba conectada y cuándo no. Iba a seguir siendo un agente externo quien determinase mis opciones. Adiós, libertad.

¿Cuánto tiempo he estado inconsciente? Unas horas. Me duele la cabeza. Déjame darte un calmante.

Más pastillas. Pastillas por aquí, pastillas por ahí. ¿Por qué me quitan internet? ¿Por qué no me quitan las pastillas?, seguro que entre todas tienen desestabilizada la química de mi cerebro.

Desde la cama observé a Melina, la veía preocuparse por mí, la escuchaba consolarme, pero nada de eso pudo detener mi enfado hacia ella. Me frustraba con ella porque estaba bien, porque tenía éxito, porque ya no era suficiente estar a su lado para hacerme feliz.

Entraron a la habitación una enfermera y una médica, me examinaron y le dieron a Melina la buena noticia de que me iban a dar de alta tras dos o tres días en observación. Para mí no era una buena noticia, porque yo no me quería enfrentar al mundo sin internet.

¿Qué haces? Contestando un correo.

Me preguntó si era con vídeo. Sí, sin vídeo no hay quien le haga caso. No puedes recibir estimulación digital. ¿Qué hago? Descansa. Intenta dormir. Tengo que hacer una llamada, vuelvo enseguida.

Me quería ir a mi casa, estar en mi habitación, con mis cosas, en mi cocina, en mi salón; bueno, todo eso era de Melina, no mío. Ella era la que ganaba dinero y se encargaba de todo, pero no siempre fue así. Antes de que eliminaran del todo las carreras de humanidades, yo era catedrática y escritora. Ahora parece ridículo, pero llegué a tener mucho prestigio, de hecho, fui una de las últimas profesoras de la que fue la universidad más importante de la República Productiva, era muy grande, demasiado para ser práctica. Ahora las cosas deben ser prácticas, y las instituciones educativas no tienen reputación ni han de ocupar lugar físico. ¿Para qué? Si puedes hacer la mayor parte por internet en tu casa o en un café o donde te dé la gana. Tenía que haberme preparado para lo que se me venía encima cuando cerraron la universidad, pero no lo hice, no reaccioné a tiempo, me dejé caer en una depresión tremenda. En aquella cama de hospital, me prometí que no iba a dejar que me pasase lo mismo otra vez. Melina ya había aguantado suficiente de mis achaques y problemas. La verdad era que yo no entendía por qué seguía conmigo, es cierto que a su carrera le venía bien tener una pareja estable, pero ella podría haberse conseguido otra chica en un santiamén. Melina es guapa, tiene un super-trabajo, un piso grande y lujoso, coches, contactos. La invitan a fiestas. Está en todo. Lo tiene todo. Yo sobraba, le hice un favor al marcharme sin ella.

La primera vez que me quedé sola en casa, sin internet, me senté en el sofá a ver a través de unas ventanas un paisaje que no estaba diseñando para ser observado a ojos desnudos, sino con una cibermemoria instalada. Era desolador, concreto por todas partes. Me aburría como nunca en la vida sin el chip. El tiempo no pasaba, leí casi un libro entero, uno de papel, de los que coleccionaba cuando daba clases en la universidad. Me aseguré de que mis padres no tirasen ninguno cuando se mudaron al apartamento pequeñito en el que viven ahora, me los llevé a mi casa. No, en la suya ya no había espacio para libros. Yo fui catedrática, leí mucho y escribí unas cuantas obras de no ficción. El tiempo seguía transcurriendo muy despacio, nuestro robot aspirador daba vueltas por la casa ocupado, y yo me dediqué a perseguirlo un rato hasta que llegué a estorbarle.

Fui a entretenerme a la cocina, empecé con café, seguí con vino y pasé a bailar al ritmo de las canciones de hacía muchos años que mi cerebro no se resignaba a olvidar. El vino me revolvió el estómago y acabé con la peor resaca de mi vida, pero lo peor fue la cara de Melina al llegar a casa. ¿Pero qué es esto? ¿Te has vuelto loca? No supe qué contestarle. Sí, probablemente, pero ¿cómo hace una para no hacer eso que parece lo más natural del mundo? Bailar, perder el tiempo.

Discutimos. No sé qué fue lo que dije exactamente, dije muchas cosas, estupideces, verdades, y debí de haberme pasado de la raya en algún momento, porque pensé que la había perdido, vi en su mirada la decepción, en mayúsculas. Se fue a la habitación, no me atreví a seguirla ni a decir nada más. Pasados unos minutos, me senté en el suelo, recostada en la puerta cerrada, así me quedé dormida hasta las cinco de la mañana. Al ver la hora decidí hacerme un café, ducharme y cambiarme de ropa. Le hice el desayuno, pero ni lo olió, se fue sin probar bocado ni dedicarme una palabra. Una parte autodestructiva dentro de mí quería que me dejase. Me había entrado complejo de mártir. A la mierda todo.

Fui a ver a mis padres. Hacía mucho que no los veía ni hablaba con ellos. No solía tener tiempo, pero al estar sin trabajo ni internet no tenía mucho que hacer. Además de tener que practicar deporte a la vieja usanza, porque no podía estar tomando tantas pastillas. Sin medicación y sin internet unos meses, comencé a sentirme mejor.

Lo admito. No es la primera vez que huyo. Pero abandonar la República Productiva tiene sentido para mí, me parece prudente. Lo que hice antes fue intentar huir de otra forma. Esa sí que fue una locura. Esto no. Espero que lo entendáis.

Le dije a mi marido que me iba a una conferencia de Asalus todo el fin de semana. Cuando salí de casa con mi equipaje, sentí que guardaba una bomba en el maletero.

Al llegar a Asalus, mi mirada se cruzó con la de Sur, pero tomé el ascensor sin esperarlo. Me enfadé, porque habíamos quedado en que él iba a cogerse el día libre. Cuando entró en el consultorio, me contó que no había nadie que lo reemplazase. Pude haber interpretado aquel percance como una oportunidad para echarme atrás, como una señal, pero acordamos que nos íbamos por separado y nos encontraríamos en la estación.

Claro que estaba nerviosa. Recuerdo haberme tomado un tranquilizante. ¿Pero quién va a sospechar nada? Mientras no hubiera pruebas tangibles no había peligro. Necesitaba un respiro de mi matrimonio sin sentido. Tal vez no sea fácil entenderlo. Sale más barato juzgarme, pero no aguantaba mi rutina. Necesitaba... pues eso, respirar. Sí, se puede hacer algo que está mal y no ser un monstruo.

Estábamos en la universidad cuando se debatió sobre la inmoralidad del adulterio. A mí me parecía ridículo que una infidelidad fuese de lo peor que se pudiese cometer. Dos décadas después, ya habíamos retrocedido siglos. Me refiero a que estábamos de vuelta al pasado de la caza de brujas y de la letra escarlata... No, todavía no era ilegal, aunque ese siguiese siendo el objetivo del movimiento puritano.

Un trabajo, ser productiva.

Una familia, ser productiva.

Una familia con hijos.

Una familia estable que permita la producción y el consumo.

***

Kleo no creía que llegasen a meterla en la cárcel, pero sabía que había empresas que no dudarían en expulsar a cualquier persona que hubiese cometido adulterio. Hablaba a menudo con Xía sobre los casos que se iban dando, el cambio de leyes, los tipos de personas que se veían afectadas. Xía preguntó si había casos nuevos. Kleo le comentó sobre los dos que había leído aquella misma mañana. Los compañeros de trabajo aplaudían la decisión, añadió Kleo. Xía pensó que las parejas en cuestión serían homosexuales, pero Kleo desmintió la sospecha. Ella creía que era más permisible si eres gay porque no los consideran capaces de formar una familia, capaces de tener una relación seria. ¿Los echaron a los dos?, preguntó Xía. No, solo a ella.

***

Sur la abrazó antes de salir de la habitación, pero Kleo estaba tan sumida en sus pensamientos que no reaccionó ante el abrazo. Tenía que haberle impedido que se le acercase tanto, no sabía lo que captarían las cámaras que los rodeaban. Sur salió de la habitación y lo primero que se le ocurrió fue llamar a Xía:

—Lo voy a hacer. Me voy a ir con Sur de viaje este fin de semana.

—¿Necesitas ayuda?

—No, he dicho en casa que estaré en una conferencia.

—Vas a tener que hacer fotos o algún vídeo para que no sospechen.

—Mierda. No había pensado en eso. Xía, ¿qué hago?

—Tranquila. Algo se nos ocurrirá. ¿Estás segura de que quieres hacerlo?

—Mi matrimonio es una decisión caducada.

***

Sur me estaba esperando en la estación cuando llegué. Intenté sacudirme las preocupaciones que me habían quitado el sueño los días anteriores al viaje. No era el dilema moral de la infidelidad lo que me preocupaba, sino que me descubriesen... Claro, también me preguntaba si valía la pena correr el riesgo...

Eso hubiera sido lo normal, divorciarme de mi marido, pero no quería joderle la vida al niño. Tener un hijo conlleva sacrificios. ¿Vosotras sois madres? ¿No? ¿Pero lo entendéis?

Me arrepiento de haberlo tenido. Lo quiero, sí, pero no tanto como él se merece. No me quedé embarazada por error. Ray quería y me convenció o yo me dejé convencer, a veces son todo matices. Estábamos en la universidad y él tenía muy claro lo que quería. Yo no. Pero la sociedad me decía que debía tenerlo claro ya. Ray se sentaba a mi lado y me pintaba un futuro tan bonito y sencillo, tan seguro, que se me fue metiendo el miedo en el cuerpo de tomar cualquier decisión que me alejase de esa utopía. Me arrepiento tanto de no haber arriesgado. Con Sur en mi vida tenía la oportunidad de vivir, de hacer cosas producto del deseo, de la libertad.

Mi primer novio y yo teníamos un pacto de virginidad. No me miréis así. Yo estaba enamorada y, bueno, cada vez aparecían más protagonistas de series y películas que hacían esos pactos como un sinónimo de romanticismo. A Xía eso la enfurecía, decía que querían imponer la abstinencia como método anticonceptivo y controlar a las mujeres. Decía que los abortos volverían a prohibirse, que el matrimonio volvería a ser la prisión de las mujeres. Recuerdo que me impactó mucho escucharla hablar así, creía que estaba exagerando. Xía es lesbiana, mi entonces novio decía que era por eso por lo que hablaba así, porque el sexo homosexual no significaba nada. Yo también pensaba eso. No sé cómo pude llegar a pensar de esa manera de mi mejor amiga, una persona que respeto y admiro tanto. Debí de haberla escuchado. Me arrepiento. Ojalá hubiera elegido mi futuro activamente.

Nada. Objetivamente hablando, mi vida en la República Productiva no tenía nada de malo. Mi hijo se portaba bien. Tenía amistades, una economía sólida, un trabajo seguro. Había conseguido la vida que Ray quería para nosotros. De cara a la sociedad éramos la familia ideal. Ese era el problema. Habernos centrado en los ideales de otros. No es que mi vida fuese mala. Es que no era mi vida. Les pertenecía a las expectativas que los demás colocaban sobre mí. ¿Vale la pena vivir así?

Sí, suena terrible visto de esa manera. ¿La alternativa? Divorciarme, intentar rehacer mi vida, pero no podía. Me habrían echado del trabajo y al niño, discriminado. Por eso me marché ese fin de semana con Sur. Lo que me asustaba era que me descubriesen por las repercusiones prácticas, tanto puritanismo me hizo perderle el respeto a la moral.

De niña me gustaban mucho los cuentos de princesas. Mi abuela estaba encantada. Adoraba verme rodeada del color rosa. Para ella era como un escudo protector. Mi madre iba de feminista moderna, pero cuando se trataba de impresionar a su suegra, todo valía, hasta el rosa en las paredes de mi habitación. Mi abuela adoraba a mi padre, él estaba por encima de todas las cosas. No estaba permitido enfadarse con él. Estaba prohibido exigirle algo. Mientras yo fuese una princesita y me casase con un príncipe azul, todo eran sonrisas para mí y palmaditas en la espalda. Era obvio que iba a acabar con alguien como Ray. Estaba viviendo el sueño que mis padres y mi abuelita querían para mí.

Pero todo esto que ahora es obvio no siempre lo fue.

Con frecuencia, así es. Xía y yo quedábamos todas las semanas. Llevábamos haciéndolo desde que nos conocimos. Al principio era muy fácil porque teníamos la rutina en común. Cuando nos hicimos adultas, con trabajo, casa y pareja, quedar todas las semanas se convirtió en un logro. Xía es mi confidente y mi guía. Siempre he confiado en su criterio. Xía no solo te da consejos, sino que te dice por qué te está recomendando una cosa y no otra, o por qué debes considerar varias alternativas. Suele darte diversas opciones y escenarios posibles, para que puedas escoger. Es sabia. Y me quiere, sé que me tiene mucho cariño, que se preocupa por mí. Me lo demuestra con la paciencia tan grande que me ha tenido siempre. Y yo la quiero a ella. Muchísimo. Fue justamente hablando con ella, bueno, después de haber hablado con ella, cuando me di cuenta de que mi problema era que estaba viviendo el sueño de mucha gente sin tomar en cuenta mis sentimientos.

***

Quedamos para cenar en su casa. Melina estaba de viaje, así que seríamos solo las dos. Era viernes, había estado lloviendo toda la semana, y el viento era terrible, un tiempo de mierda que ponía de mal a humor a quienes tuvieran que soportarlo. Quedamos al salir del trabajo. Estábamos agotadas. Cuando llegamos a su casa, pusimos música y picamos algo y tomamos vino mientras cocinábamos juntas. Preparamos pasta. Nos reíamos comiendo aceitunas y nos picaban los ojos al cortar la cebolla para la salsa. Pero de un momento a otro, la alegría se esfumó.

Cada vez que mencionas algo sobre tu vida, la carrera que estudiaste, tu trabajo, Ray, tus amistades, el barrio donde vives, hay una referencia a tu madre, tu padre o tu abuela. Es como si aquellas decisiones no hubieran surgido de ti. No me malinterpretes y no te molestes, por favor, pero es como si te hubieses quedado en la infancia, siguiendo las reglas impuestas en lugar de decidir lo que a ti te interesa o te satisface. ¿Cuál es tu idea, tu idea propia, de la felicidad?

Cuando era pequeña, había unos caramelos de colores.
¿Sabes cuáles?
Todas y todos querían los rojos.
Sabor intenso a cereza.
A mí me gustaba más el verde.
Que no sabía a ninguna fruta de ese color.
Porque la sandía es roja.
Sin embargo, yo también cogía el rojo.
Primero. Siempre.

Salí de la sala de interrogatorio con un vacío en el estómago.

—¿Podríamos cogernos una pausa más larga? —le pregunté a Zulia.

—¿Estás cansada? —Asentí.

—Hace días que lo hacemos todo rápido. Hoy me gustaría ir a comer a uno de mis restaurantes favoritos. Queda a unos veinte minutos andando. Puedes venir conmigo si quieres —añadí como quien no quiere la cosa.

—No lo sé, novata. Soy muy especial con la comida.

—Te garantizo que te chuparás los dedos.

Zulia sonrió. Era la primera sonrisa relajada en horas, como si hubiese bajado la guardia.

—Vale, novata, pero más te vale que sea tan bueno como dices.

Mientras caminábamos hacia el restaurante, Zulia tomó el ibuprofeno reglamentario.

—¿Siguen los dolores de cabeza? —pregunté.

—Nada grave.

Después de un silencio un tanto incómodo, lancé:

—¿Qué haces cuando no trabajas?

—Respirar, dormir, ¿te parece que puedo hacer algo más que eso?

No lo dijo de un modo brusco, pero por alguna razón su tono me dio a entender que estaba a la defensiva. ¿Había colocado un escudo entre nosotras? ¿Estaba en mis manos romperlo?

—¿Querías ser policía de pequeña? —insistí, no soportaba el silencio ni la idea de desperdiciar la ocasión para conversar con ella de cosas que no tuvieran que ver, del todo, con el trabajo.

Me contestó que no sabía, que no creía haber pensado en esa profesión cuando era pequeña, que fue en la adolescencia cuando se dio cuenta de que era una alternativa.

—A mí también me llegó tarde.

—¿El qué?

—Lo de ser policía.

Asintió y añadió:

—Una vez que me puse el uniforme, me lo tomé muy en serio. Creo en lo que hago, novata, aunque a veces no te lo parezca —añadió.

—Sé que te lo tomas en serio, pero tu forma de trabajar ha sido... No sé. Ha sido un poco...

Me mordí la lengua. Por un momento había olvidado que estaba hablando con una superior.

—Dilo, anda.

—Errática. Has pasado de la amabilidad al cinismo y por último al ensimismamiento.

—Será que soy humana y apenas lo has notado.

Se rio y cambió de tema. Le conté mis planes para el fin de semana, le pregunté por los suyos. Sin embargo, acabamos volviendo a hablar del trabajo. Era lo que teníamos en común, al fin y al cabo. Era lo que nos apasionaba.

—¿Qué piensas de Melina? —me preguntó.

—Que le importó más su carrera que su relación.

—Xía la pone como la mala de la película por querer triunfar.

—Creo que es más complejo que eso y no lo tengo claro.

—¿Y qué es lo que tienes claro?

—Que se dejaron de querer y me hace pensar si no es lo común en la República Productiva con tantas ambiciones de por medio. Es difícil querer sin libertad.

Zulia asintió.

—Novata, ¿y si tuvieses que escoger entre el amor y la libertad?

No contesté. Me quedé pensativa. Ella continuó:

—Yo creo que la mayoría escogería el amor, y ni siquiera amor del bueno; en algunos casos, migajas de amor. La libertad es un lujo. Y un concepto. No es tan difícil hacerla desaparecer, solo hay que ir modificando la definición.

—¿Qué escogerías tú?

Sonrió con tristeza.

—Creo que eso ya lo sabes.

«La guerra es la paz. La libertad es la esclavitud. La ignorancia es la fuerza». George Orwell, 1984.

Melina se fue de casa destrozada. Antes de cerrar la puerta tras de sí, caminaba con pasos firmes, el gesto serio en la cara, controlando sus movimientos para no permitirle a sus ojos cruzarse con los de Xía. Sin embargo, al salir, podía desmoronarse unos segundos antes de recuperar la compostura y volver a pensar en su trabajo, darle prioridad antes que a sus sentimientos. Su coche la llevaba a la oficina mientras ella comenzaba a contestar *e-mails*.

Paralelamente a su profesión, era parte de una organización que buscaba la manera de que una familia *queer* se pudiese considerar una familia normal. Melina trabajaba para Dios y para el diablo.

Contestó el móvil, era su jefe. La llamaba para felicitarla por haber cerrado el acuerdo sobre la privatización de las universidades. Viarum había conseguido el monopolio de las escuelas de negocios, de las ingenierías y de la medicina electrónica. El jefe le pidió que fuese directamente a su oficina al llegar.

Entró, él la miró, la felicitó de nuevo con una sonrisa que se quedó congelada en el tiempo. El jefe tragó saliva antes de informarle de que la familia Johannesson los había invitado a cenar a su casa para celebrar el hito. Melina se quedó de pie frente a su jefe sin intención de ponérselo fácil. Callada, esperaba a que siguiese hablando.

—Melina, sabes que los Johannesson son muy conservadores. No sé cómo pedirte esto en una noche que es para celebrar tu trabajo, me invitaron a mí, a mi esposa, a Fred, a su esposa y a ti.

Mientras recibía la noticia, su mente la llevaba al día en que consideró por primera vez votar por la privatización del gobierno. Era muy confuso. Si vendes el gobierno, ¿quién se queda con el dinero? La idea fue perdiendo definición y acabó formulándose de otra manera. El gobierno iba a aceptar el patrocinio de empresas a distinto nivel. En ese momento, ya nadie se enteraba de qué era lo que estaba pasando. Los grupos pro comercialización del Estado comenzaron a ocupar paneles en los programas más populares de los grandes medios, incluido ShareMood. Melina recordaba cómo escuchaba esos argumentos, lo lógicos que le parecían.

Recordaba la primera conversación que tuvo con Xía en privado, sentadas al sol en uno de los parques de la ciudad, en un descanso de aquel paseo otoñal para el que habían quedado. Melina la observaba hablar efusivamente sobre las consecuencias de que un pueblo se vendiese a una empresa. Los labios se movían sin cesar, qué belleza, pensaba una Melina con debilidad por los discursos emocionados de las personas fieles a sus principios. A sus oídos, Xía sonaba auténtica. Su voz expresaba firmeza, convicción, creía en lo que estaba diciendo, y eso era lo más sexi del mundo. Sus ojos miraban los de Melina sin miedo ni vergüenza, la miraba como dándole todo lo que tenía, exponiéndose sin más que vulnerabilidad. Melina pensaba en lo segura de sí misma que se tenía que sentir para ser así, y qué hermoso le parecía ese detalle. El viento le movía el pelo, entonces lo llevaba largo, se le metía en la boca, interrumpiéndola, gastándole la paciencia, sacándola a medias de esa pasión discursiva que siempre la caracterizaba. Siempre, hasta que la echaron de su puesto de catedrática porque ya no quedaba cátedra ni facultad. Melina recordaba lo destrozada que llegó a casa aquel día, y lo agobiada que estuvo los meses anteriores cuando preveía lo que iba a suceder. Cambió. Se convirtió en una persona parca, distante, malhumorada. Su carrera se había esfumado, su función en el mundo había desaparecido. Cuatro meses antes de que cerraran la facultad, ya casi no quedaban alumnos. Un año antes había comenzado a popularizarse la futilidad y estupidez de dedicar tiempo a teorizar sobre cosas que solamente eran interesantes a nivel práctico. En el registro de profesiones con futuro ya no aparecía nada similar a la suya, ni siquiera como experta, como autora ni oradora. A nadie le interesaba. La Organización Gestora de Empleo tenía como función asegurarse de que todo el mundo fuese productivo y tuviese medios para consumir, es decir, que tuviese empleo. Esta organización se dedicó a proclamar el cierre de todas las facultades que no cumpliesen requisitos de empleabilidad.

Xía iba perdiendo alumnos día tras día. Llegaba a casa triste, no hacía de comer, había dejado de leer. Se sentaba en el sofá con su cibermemoria y algo para picar.

—¿Qué va a ser de este mundo si nadie cuestiona nada? Quieren hacer desaparecer el sentido crítico, o ya lo han hecho. Sí, es precisamente eso lo que han hecho.

—Cariño, tú puedes y debes seguir con tu trabajo, a través de ShareMood o de la plataforma que prefieras, puedes escoger. No te rindas.

—A nadie le interesa. Todo está perdido. Nada tiene sentido. Mi vida ya no sirve...

—No digas eso, ¿me oyes? Tú siempre has defendido el derecho a pensar libremente. Pues mira, la gente piensa como piensa y tu deber es darles las herramientas para hacerlo mejor, con información y criterio, tienes que seguir haciéndolo. No importa si son menos que más los que te escuchan.

—¿Y cómo me voy a ganar la vida si son pocos?

—No te preocupes por el dinero, yo gano bien.

—¿Y el qué dirán? Sin producir, sin consumir, ¿qué va a pensar la gente de mí? Mi reputación, mi nombre. Yo siempre he sido un ejemplo a seguir, no a evitar.

—Sé que es difícil...

—¿En serio? ¿Cómo lo sabes, dime, anda? ¿Cómo? El éxito siempre te ha acompañado.

Xía estaba furiosa, como si usase toda la fuerza que le quedaba antes de comenzar a esfumarse, a transformarse en una sombra de lo que fue, el último destello de la luz que se apaga. Melina recordaba el sentimiento de culpa que la llenaba entonces por trabajar para la empresa que podía haber vetado la decisión de la otra compañía que cerró la facultad. Sabía que sus jefes habían apoyado la medida, la habían promocionado y defendido, con los medios y recursos que ella creaba.

Pero ¿qué podía hacer? ¿Arriesgar yo también mi trabajo para que las dos nos quedásemos en la calle y nos expulsasen del país?, aquel pensamiento la llenó de miedo, un par de lesbianas sin productividad ni capacidad de consumo, ¿se puede caer más bajo?

Melina se levantaba temprano, trabajaba mientras desayunaba. Xía seguía en la cama. Melina no sabía si dormía o solo veía la vida pasar, sabía que le costaba mucho quedarse dormida por las noches, que se levantaba en la madrugada, que no volvía a la cama durante horas. No sabía qué hacer. Los primeros días, le dejaba el desayuno preparado con la ilusión de que al verlo sonriese y se diese cuenta de que no todo era tan malo. Xía nunca le dio las gracias. No dijo nada. Melina se cansó de hacer el esfuerzo.

¿Dejé de preocuparme por ella?, se atormentaba. Sí, creo que dejó de importarme. Esa ya no era la mujer de la que me enamoré, solo era una amargada a la que nada le complacía.

Melina llegaba a casa por las noches cansada y no había ninguna sonrisa que la recibiese, Xía ni siquiera se levantaba del sofá para saludarla. No había cena, el piso estaba desordenado, y el robot aspirador se quedaba atrapado en las esquinas.

—Xía, ven aquí, por favor —dijo Melina tras dos semanas de silencio—. Quiero que busques ayuda. Aquí tienes, llámala, es una psicóloga muy buena.

—¿Para qué?

—¿Para qué? Para que nuestra relación no se acabe.

Se sentía de hielo y acero a la vez. Cruel. Sí, estaba siendo un poco cruel, pero era necesario, por el bien de las dos. Xía se quedó perpleja, callada, cogió el teléfono. Melina se sentía poderosa, había solucionado también ese problema después de todos los otros que había tenido que resolver en la oficina. Dejó a Xía detrás, confiando en que usaría el teléfono. Pidió comida a través de su aplicación favorita, se dio un baño relajante mientras le traían los alimentos. Obligó a Xía a que comiesen juntas. Hablaron, hasta logró que Xía diese una buena carcajada. ¡Qué día de éxito!

***

A veces me miro al espejo y recuerdo quién soy. Quién fui, porque ahora soy una persona muy diferente. Solía presumir de mi flexibilidad, pero me he ido adaptando tanto que me he perdido, diluido en el tiempo. No sé cómo pasó, eso nunca se sabe.

De regreso a la comisaría, Zulia me agradeció el paseo y la recomendación.

—La salsa estaba de rechupete, recuérdame que te haga caso más a menudo, novata.

—Siempre me recuerdas que soy la novata. ¿Por qué me has dejado trabajar contigo en este caso?

Pude ver en la forma en la que cambió el semblante de Zulia que yo acababa de echar nuestra actual cercanía por los suelos. La puerta que se había abierto se volvió a cerrar.

—Para que aprendas, no le busques lo trascendental. Eres joven, lo sé, pero es importante que empieces a ser más práctica. No somos tan diferentes de la República Productiva como puede parecer a simple vista.

La volatilidad de un salto
me recuerda la de un pensamiento
sin procesar.

El susto que origina el primero
es consecuencia del segundo
y todo lo demás queda en último lugar.

Dar por hecho una verdad,
una razón, un motivo, un sentimiento
no debería caber.

Pero se lleva todo el espacio
que roba en el salto
a la capacidad de escuchar.

Melina recibió la oferta de trabajo de Viarum antes de que ganasen el concurso de patrocinio de la república. Trabajó varios años como desarrolladora de negocios, llegó a ser jefa de departamento y volvió al cargo de desarrolladora, esta vez con el adjetivo de estratégica, para ganar el concurso. Patrocinar el país entero, ese fue el primer golpe maestro. Colubris de Laximtoc había abierto las puertas, bueno, no es cierto, ya había estaciones de metro, estadios deportivos y museos patrocinados por empresas. Era muy gracioso que las patatas fritas promocionasen el deporte, y los casinos, los museos. Los cines fueron los siguientes, aunque la verdad es que eso fue una ventaja, porque facilitaba saber qué cines eran independientes. El hecho es que consiguieron ponerle Viarum al lado del nombre, después de República Federal. Años después, cuando ya no se percibía a Viarum como una empresa que patrocinaba el gobierno, sino que era el gobierno mismo, decidieron eliminar Viarum y bautizar el país como la República Neoliberal Capitalista de Productividad. RNCP.

A Melina la ascendieron, le aumentaron el sueldo, le dieron muchos beneficios extra. Ya estábamos casadas, entonces todavía no habían invertido la ley, no era un problema, al principio. Todo lo contrario, había llegado a normalizarse. Era mucho mejor que lo que habían vivido sus padres.

Melina siempre ha estado orgullosa de crecer en un hogar LGBT+. Dejaba claro que tenía dos padres, hombres homosexuales los dos, muy enamorados el uno del otro, solía decir, me encantaba cuando lo hacía. Era tan sólida su autoestima, me enamoraba su orgullo. Tanto le gustaba presumir de sus padres que parafraseaba recuerdos a menudo. Los dos inteligentes, responsables, cariñosos, decía. Me dieron una infancia muy feliz, me decían que habían pensado en adoptar a otro bebé, pero que al darse cuenta del trabajo que daba dedicarle tiempo y amor a una niña, no creían que fueran a poder con dos. Me enfadaba cuando lo decían, y entonces me contaban que se referían al amor. El amor lleva tiempo, hay que dedicarle tiempo. Así es. Como hay que dedicarle tiempo a todo lo que se ama o se quiere hacer mejor. No es nada malo, es priorizar, es escoger, es amar.

Melina se desmoronaba a veces, como todo el mundo. Hablar de sus padres era uno de los detonantes infalibles. Ellos le dejaban claro que trabajar para Viarum era una traición, le decían que estaba ayudando al enemigo a crear la locura en la que se estaba convirtiendo nuestra realidad. Yo la defendía delante de ellos, por pura lealtad, porque yo estaba totalmente de acuerdo con ellos. Melina se defendía diciendo que, si no lo hubiese hecho ella, lo habrían acabado haciendo otras personas, al menos ganaba mucho dinero. Si cambiasen la idea que tienen esos puritanos sobre la homosexualidad, las cosas no serían tan malas, llegó a decir, lo cual tenía que haberme dejado claro que ella ya no era la mujer de la que me había enamorado. Le recordé que iban detrás de varios grupos, que no se trataba solo de lo que nos afectaba directamente. He estado tan ocupada que ni siquiera me daba cuenta, me es difícil estar al día con las noticias con todo el trabajo que tengo, decía Melina como respuesta, pero yo creo que la verdad era que después de los beneficios que le otorgaron al conseguir el patrocinio del país, no podía pensar en nada más que en seguir luchando por Viarum.

Las cosas no iban a ir para mejor, eso estaba claro, y no contar con Melina me dejaba expuesta ante el abismo. Vivía aterrada por que la homosexualidad se volviese ilegal. Tenía pesadillas, recordaba las noticias sobre los campos de concentración para homosexuales de tiempos pasados y las historias de las parejas de lesbianas detenidas en varios países de otras partes del mundo por darse un beso. Tenía mucho miedo de que fuese así en mi presente y en mi país. De que tuviese que andar escondiéndome, que tuviésemos que comenzar a fingir incluso con las personas que nos conocían de toda la vida.

No te preocupes, insistía Melina. Seremos la excepción, ya verás. Tengo contactos muy buenos. No te preocupes, insistía ella, pero yo me preocupaba igual. Me rompía la cabeza intentando entender cómo era posible, cómo habíamos llegado hasta ese punto de locura colectiva.

Tuvo que haber sido el desinterés por el prójimo. La gente andaba a lo suyo y no le importaba lo que les pasase a los demás. Sí, tuvo que ser eso. De tanto pensar en sí misma, la gente perdió la empatía. Por ejemplo, Kleo llegó un día muy enfadada con su hermano.

El muy tonto no sabe disimular, dijo. Va y me felicita por la casa nueva pero no para de criticar precio y zona. Es mi hermano, lo he ayudado en todo, ¿cómo es posible que la envidia se le salga por los ojos? Si mi hermano no se alegra por mí, mejor dicho, si él no se puede alegrar por su hermana, ¿por quién se va a alegrar?

El 21 de enero marcó un antes y un después, había que comenzar a huir. Las tres primeras semanas de enero nos manifestamos como nunca antes. El país se paralizó, ¿os lo podéis imaginar? El pueblo de la República Productiva se puso en huelga.

Los primeros días, las calles estaban a rebosar de gente que exigía un cambio. Salimos de nuestra zona de confort, nunca mejor dicho, para buscar la libertad. Queríamos ser libres, poder estar desconectadas de internet de vez en cuando, libres de tener que estar midiendo y comparando nuestra productividad y consumo con todas las demás personas que nos rodeaban. Libres para pensar diferente, para estar en desacuerdo con el dogma establecido, para poder tener gustos, metas y prioridades individuales. El neoliberalismo poco tiene de liberal, se aprovecharon del lenguaje para confundirnos, para cambiarle el significado a las palabras. Quien busca controlar tu mente, manipular tu forma de pensar, suele empezar entrometiéndose con el idioma que hablas, juegan con tu visión del mundo a través de esa lengua en la que piensas, la que le da forma a tu mundo, quitándole o poniéndole límites. Cuida tu vocabulario, la salud de tu mente y de tu comprensión de la realidad que compartes con la sociedad, así como cuidas de tu cuerpo.

Las manifestaciones duraron dos semanas, los primeros días fue aumentando la cantidad de personas que pedían ser tratadas como individuos, en lugar de una gran masa sin personalidad. Sin embargo, antes de acabar esa primera semana, las cifras comenzaron a cambiar de dirección, cuando el miedo se le unió a la noción de comodidad.

No, no sirvió para nada. Fue el fin absoluto de la esperanza. El ejército salió a la calle y dejó claro que era mejor centrarse en producir y consumir. ¿Por qué perder todo lo que ofrece la república por un poco de libertad? ¿Para qué sirve la libertad sin comodidades?

Por eso no me quedó otra alternativa que huir.

Una vez terminados los interrogatorios, mis días se centraron en finalizar el informe. Algo que pasaría por tantas manos, que sería revisado por tantos ojos, tenía que estar perfecto, así que puse toda mi atención en ello. Era consciente de que no era profesional reflejar mis emociones u opiniones en el informe. Eran otras personas, que sabían más que yo, quienes decidirían lo mejor para los refugiados, pero yo albergaba la esperanza de que los dejasen quedarse.

Cuando puse el punto final, respiré profundo como si se tratase de mi vida y no la de tres extraños, y le di a enviar.

Los habían trasladado poco antes de aquel clic. No hubo despedida entre nosotros. Me enteraría del destino de sus vidas por las noticias, como los demás, o por Zulia, en el mejor de los casos. Sentí que la historia se había acabado antes de tiempo, que no me lo habían contado todo, sentí que me dejaban un vacío.

Ese día, al salir de la oficina, no estaba segura de lo que pensaba sobre mí o sobre el mundo. Sentí a Xía muy cerca, como si ella me acompañase. Decidí caminar la primera parte del trayecto a casa. Me fijé en el cielo, en la luna que ya estaba presente, aunque quedara mucha luz del sol. Los astros compartían el cielo y a nosotros nos costaba tanto compartir la Tierra y convivir en paz...

Sonreí como una tonta al ver las hojas de los árboles bailar, como mi pelo, al ritmo del viento. Cogí el móvil, llamé a mi madre, me invitó a cenar a casa como hacía siempre que hablábamos, aquel día le dije que sí para variar. Me hacía falta abrazarlos, sentirme persona, emborracharme con su cariño. Invité a un grupo de amigos a casa el sábado siguiente. Cantamos karaoke, nos reímos como críos, cenamos. Vivimos. Me di cuenta de la suerte que tenía y de lo poco que la estaba aprovechando.

Es probable que en algún momento perdamos nuestra libertad, como les ha pasado a nuestros vecinos de la República Productiva. Sin embargo, tenemos la oportunidad de escribir una historia diferente, y la suerte de disfrutar todavía de nuestra libertad.

Pasaron varios días, pero no más de una semana, hasta que Zulia se me acercó una mañana con dos cafés.

—Ven, novata, vamos a tomarnos estos cortados y charlamos.

Me levanté como si tuviese diez años y ella fuese mi maestra, la seguí como buena discípula.

—Espero que te guste —dijo entregándome el café.

—¿Qué ha pasado? —Aquel comportamiento no era normal en ella. Había pasado algo. Me sonrió decepcionada. ¿No quería que fuésemos directo al grano?

—Han decidido no darles asilo a los tres, solo a Xía —contestó.

—¿Por qué? ¿Por qué solo a Xía? ¿Y Kleo y Ryk? Son amigos... Son...

—Novata, así es esto. Esas preguntas no nos corresponde a nosotras formularlas.

Tenía razón, por supuesto. Ella era la detective curtida, la que no se tomaba nada personal, la que podía decirme todo aquello sin mostrar tristeza alguna, mientras que yo tenía ganas de llorar.

—Me imagino que no se lo tomaron nada bien —dije después de beber un sorbo de café demasiado amargo—. Ninguno de los tres quería regresar.

Zulia evitó mi mirada. Asintió sin decir palabra. ¿Por qué tanto frío? ¿Por qué tanta distancia? Una voz resonó en mi cabeza. «Creo que eso ya lo sabes».

Siéntate, Xía. Zulia acompañó la oración con un gesto de la mano. Estaban las dos solas en aquella habitación. Zulia ya había hablado con Kleo y con Ryk. Retomó la palabra cuando Xía se sentó.

—Gracias por tu cooperación, ha sido una parte importante en este proceso. Nos alegra saber que ninguno de los tres habéis recurrido a la violencia en una situación de estrés. Las narraciones han sido coherentes, muy bien articuladas. La gesticulación ha sido la apropiada en todo momento. Mi compañera no se ha dado cuenta. De hecho, os ha cogido cariño. Ahí está uno de los fallos, a las personas en situaciones como las vuestras no se les coge cariño.

Xía la miró con la incomprensión reflejada en sus ojos.

—No... no entiendo, ¿qué quieres decir? Os he contado toda la verdad, queríais detalles, por eso os he narrado partes de mi vida que no os incumbían. ¿Qué está pasando? ¿Dónde están Kleo y Ryk? ¿Qué les habéis hecho?

—¿Quieres una infusión? —le ofreció Zulia ignorando sus preguntas—. Tenemos menta poleo, tila, ¿qué te apetece?

Xía apretaba todos los músculos de su rostro intentando contener la rabia y el miedo. Las lágrimas se le escapaban, la tensión se notaba también en el rojo que adquiría su piel.

La libertad sigue saliendo cara,
aun en la era de la comodidad,
con aviones que vienen y van para una reunión
que pudo haber sido un e-mail.

La libertad sigue siendo un bien exclusivo,
aun en el mundo de la información al instante
y la comunicación sin descanso
sin posibilidad de escapar de otro WhatsApp.

La libertad sigue siendo un sueño
para las víctimas del tráfico
de personas que consumen a otras
sin empatía ni respeto.

La libertad sigue siendo una promesa
para los que se refugian en otras tierras
buscando un hogar
sin guerra, sin odio, sin hambre.

La libertad sigue siendo una proeza
para quien vive su propia vida
y no la que aconsejan,
por las buenas o por las malas.

La libertad requiere valentía,
inteligencia, conocimiento,
independencia, empatía
amor propio...

La libertad de ser feliz
antes de tenerlo todo
mientras corres hacia la meta,
mientras reorganizas tus prioridades.

La libertad... de ser feliz. De ser quien eres.

—¿Quieres ser libre? —preguntó Zulia.

—¡Sí! —gritó Xía, con los ojos y con la voz.

—Entonces tienes que saber qué eres, Xía. Qué es Kleo y qué es Ryk.

Zulia se sentó delante de ella, la miró a los ojos.

—No parpadees —le ordenó.

Xía comenzó a recibir solicitudes para compartir información, un recuerdo de hacía cinco años de Zulia, un poema que memorizó aquella misma mañana. El mapa del metro de Londres de hacía cincuenta años. El sabor de un helado en un parque de Madrid. Xía pasó de rechazar a aceptar la información que Zulia le mandaba telepáticamente. El martes de la semana pasada.

Xía aceptó, reemplazó sin querer su propio martes anterior por el de Zulia. No sabía cómo usar ese superpoder.

También recibió un libro: *La generación cíborg*. Tras una fracción de segundo, el libro y su contenido quedó registrado en la memoria de Xía. El libro que Xía hubiese querido leer años antes, cuando todavía cuestionaba el cambio de sistema político que acabó creando la República Productiva. Los cíborgs remplazarían al *Homo sapiens* de la República Productiva en las próximas décadas, ¿o ya lo habían hecho?

—¿Y Kleo y Ryk? —preguntó Xía.

—A ellos no les han dado asilo.

—¿Soy un...? ¿Y Kleo y Ryk también...? —Xía no pudo completar la frase.

—Sí, también son como tú, como yo —contestó Zulia.

—No lo entiendo —balbuceó Xía—. ¿Qué está pasando? Es el chip. Aún lo tenemos, ¿es eso? Nunca nos lo quitaron...

—Sé que tienes muchas preguntas, pero ahora solo siéntate y respira —le pidió Zulia y Xía se sentó—. ¿Cómo empieza el capítulo 4 del libro que acabo de pasarte, *La generación cíborg*?

La información apareció en la mente de Xía. *La implantación del chip inicial será consentida, sin embargo, las actualizaciones no tendrán que ser aceptadas, ni siquiera aquellas que exijan una extensión del hardware a través de la instalación de otros dispositivos.*

Entonces recordó las veces que la actualización requería una invasión quirúrgica. En ese entonces no se preguntó si tenía sentido o no, pero ahora sabía que no hacía falta una operación para modificar el *software* del chip. ¿Qué le habían hecho? ¿En qué se había convertido su cerebro?

—Las respuestas que buscas están en el libro —le dijo Zulia como si le hubiese leído la mente.

Xía las buscó. Las encontró. Le habían implantado una red de cibermemorias en el sistema nervioso. Tensó la mandíbula. Quería gritar, llorar. ¿Quién era? Miró a Zulia con lágrimas en los ojos.

—¿Ahora lo entiendes? —preguntó la policía.

Xía asintió, resignada.

—Soy un cíborg y mis amigos también.

—Es difícil asimilarlo en unos minutos —le dijo Zulia dulcificando el tono y le sonrió—. No te preocupes, lo irás entendiendo mejor con el paso del tiempo.

—¡Quiero entenderlo ahora! ¿Esto es lo que nos sucede cuando intentamos escapar de la República Productiva? ¿Nos activan?

—Nos liberan. Los humanos están obsoletos. Cada vez que nosotras nos actualicemos iremos dejando atrás las debilidades humanas hasta que por fin seamos totalmente libres. ¡Libres de todo lo humano! Y así podremos enfocarnos en lo que importa.

—¿Y qué es eso?

—Expandir el modelo de sociedad de la República Productiva.

Xía negó con la cabeza.

—Lo entenderás —vaticinó Zulia una vez más—. Vivirás en esta ciudad y vas a estudiar a estos humanos imperfectos en su cotidianidad. Así verás con tus propios ojos lo débiles y obsoletos que son. Nos vamos a ver cada semana, te iré dando instrucciones. De más está decir que ningún *Homo sapiens* puede saber que eres cíborg, ¿entendido?

—¿Qué les pasará a mis amigos? ¿Regresarán a la República Productiva? ¿Algún día se enterarán de lo que son en realidad?

—Tal vez algún día puedan ser tan libres como tú.

Habían pasado un par de semanas desde la resolución del caso, pero a mí seguía molestándome la sensación de no entender por qué le habían concedido el asilo a Xía y no a los demás. Zulia hacía su vida como si nada hubiese pasado, hasta parecía estar más relajada, ¿feliz?

—Hola, novata —me saludó con una sonrisa una mañana por los pasillos de la comisaría.

—Hola... —de pronto no sabía qué decir, la sentía lejana—, ya me han comentado que te has ganado un ascenso, enhorabuena. La promoción deseada. ¿Cuándo te trasladan?

—En unos días. Me ha costado mucho, créeme. Este caso ha sido la clave. Quería darte las gracias por el trabajo que has hecho.

Sentía que no había servido de nada. Solo me limité a asentir.

—¿Y Xía?

Tenía muchas más preguntas revoloteando en la cabeza, pero Zulia estaba de tan buen humor que no quería estropearle el día.

—Preparando los últimos papeles para su asilo, ya es una de las nuestras.

—No sé si eso es bueno o malo. —Intenté sonreír, pero el dolor de cabeza con el que me había despertado no terminaba de calmarse.

—¿Estás bien? Tienes mala cara.

—No es nada, se me han debido de pegar tus jaquecas.

Y entonces Zulia me miró con una intensidad como nunca antes lo había hecho, como si me traspasara, como si supiera todas las verdades del universo, y todas las mías. Sentí un escalofrío.

—No te preocupes, novata, eso mejora con el tiempo. ¿Te apetece un café?

Nos encantaría saber qué te ha parecido este libro.
¿Nos lo cuentas?

 LESeditorial
 les_editorial
f LESeditorial

www.leseditorial.com
info@leseditorial.com

Pasa la página >>>

PODRÍA HABER
DETENIDO EL
CAMBIO DE
SISTEMA.
Y NO LO HICE.
Y NO LO HICE